엄마 아빠, 그땐 어땠어?

세상의 모든 엄마 아빠의 연애 시절이 문득 궁금했습니다.
두 사람이 있어서 우리를 이 세상에 올 수 있게 했던,
오래전의 어느 날들이.

우리의 생은 한 남자와 한 여자가 만나면서 시작되었습니다.
꽤 근사한 일입니다.
가장 아름답고 찬란한 시절에 만난 두 사람이
사랑으로 조각한 작품이 바로 우리라는 사실은 더 근사합니다.

나의
아름다운
연인들

달

지금도 연인으로 살아가고 있는

이 땅의 모든

엄마 아빠에게

두 사람이 있었기에
당신이 이 세상에 올 수 있었다는 사실은

어느 저녁, 흩어져 사는 식구들이 모이는 날이었습니다. 우연히 사진첩을 들춰보다가 더 오래된 사진첩도 있지 않느냐고 부모님께 여쭤봅니다. 먼지로 닦아야 하는 사진첩들이 한 권, 한 권 꺼내집니다.
아주 오래된 사진들입니다. 아주 어려서 찍은 사진들, 집안의 좋은 일 있을 때 찍은 사진들, 여태 왜 그런 게 있는지 모르지만 제가 모았던 제 중고등학교 친구들의 증명사진도 사진첩 안에 소중히 간직되어 있습니다.
하지만 어머니 아버지가 젊었을 때 사진은 없습니다. 산골에 살아서 그랬다고, 결혼사진조차도 누군가 친척이 찍어준다고 했는데 사진이 한 장도 안 나와서 섭섭했노라고 그때를 회상하십니다. 순간, 세상의 모든 엄마 아빠의 연애 시절이 문득 궁금했습니다. 두 사람이 있어서 우리를 이 세상에 올 수 있게 했던, 오래전의 어느 날들이.

우리의 생은 한 남자와 한 여자가 만나면서 시작되었습니다. 꽤 근사한 일입니다. 가장 아름답고 찬란한 시절에 만난 두 사람이 사랑으로 조각한 작품이 바로 우리라는 사실은 더 근사합니다.
우리는 엄마 아빠를 선택할 수 없었습니다. 왜 그럴까요. 당연한 것이겠죠. 엄마 아빠가 만나야 우리가, 내가 태어나기 때문이지요. 사랑이 없으면 태어날 수 없었던 우리들은, 그런 사랑을 안고 세상에 태어난 겁니다. 그래서 우리는 사랑이 아니면 살아갈 힘을 얻질 못합니다. 엄마 아빠를 선택하지는 않았지만 우리는 엄마 아빠를 오래 기다린 겁니다. 엄마 아빠가 각자 다른 사람을 만났다면, 그런 엄마, 아빠가 나 아닌 다른 아기를 낳았다면…… 그리하여, 그러므로 '운명'이라는 것이겠지요.

달 출판사가 첫 걸음마를 뗀 지 올해로 10년이 되었습니다. 손톱달이 둥근달이 되는 동안 어떤 것들은 흘러가다가 되돌아왔습니다. 좋은 눈빛에 흔들렸고 쉬지 않는 눈빛들과 마주쳤습니다. 돌아보면 달의 힘이고, 사람의 힘이겠습니다. 달과 사람이 만나 이렇게 길고 아름다운 '세상의 문장'을 이어가고 있습니다.
과분한 조명을 받았고 넘치는 애정 덕분에 여기까지 오는 여정은 참 경쾌했습니다. 그럼에도 자축하려 돌아보니 그리 해놓은 것도 없고, 뭔가를 기념하자니 조용히 지나가는 것도 낫겠다는 생각이었지만 책 하나에 달의 표정을 담아보는 건 어떨까 싶었습니다. 그것이 우리들 세상의 인연과 운명을 담은 이 책의 첫 장이 되었습니다.

출간시기에 맞춰 달 출판사의 독자들이 보내주신 아름다운 사연들과 달 출판사에서 책을 펴낸 저자, 그리고 달 출판사 식구들의 이야기와 사진들을 지면에 모셨습니다.
우리가 태어나 사랑하면서 사는 것은 이 우주의 어떤 인연 때문이었는지, 이제 그 이야기를 듣습니다.
여전히 앞으로의 달은 지금처럼 오래 우리의 지금을 비출 것입니다.

달 출판사, 이병률

차례

뻔하지만
내겐 특별해요

경주 불국사, 1990
아빠 김만규　엄마 박정선

—

김서연

모든 사랑 이야기는 뻔해요. 사랑하고 싸우고 화해하고 또 사랑하고. 하지만 흔한 이야기가 특별해질 수 있는 건 모든 과정에서 나의 상황을 떠올려보기 때문이겠죠. 우리 모두는 누군가를 사랑했었고, 사랑하고 있고, 계속 사랑하길 원하니까요.
엄마 아빠. 사진 속 두 분의 사랑을 상상해보는 것은 생각보다 훨씬 신나는 일이었습니다. 누가 내 생각을 들여다볼까 괜히 부끄러워지고 몰래 짓궂은 일을 꾸미는 어린아이가 된 것 같은 기분이었죠. 사진을 가만히 보고 있으니 어렸을 때 가끔 부모님이 들려주셨던 연애담들이 떠올랐습니다. 오래된 연인들이라면 그 누구에게도 질 수 없는 연애담이요. 들을 것도 없이 뻔했습니다. '네 엄마가 나를 더 좋아했다' '군 면회를 어찌나 자주 오던지' '내가 첫사랑일걸' 같은 말들이죠. 그러다 어느새 내가 사진 속으로 들어가 두 분 옆에 서서 가만히 귀를 기울이고 있었습니다. 단순히 눈에 보이는 장면이 아니라 아빠는 이때 엄마에게 무슨 이야기를 속삭이고 있었을까, 엄마는 아빠가 어떤 말을 할 때 가장 사랑스러운 눈빛을 보낼까, 그런 것들을 느끼고 싶어서요. 지금 제 나이의 두 분을 그려보니 실실 웃음이 나기도 하고 창피하게 코끝이 찌릿하기도 했습니다.
두 분에게 사랑을 물을 땐 '얼마큼 사랑했어?'보다 '어떻게 사랑했어?'라는 말이 더 맞겠습니다. 사랑은 과정이니까요. 완성된 작품을 만드는 게 아닌, 계속 칠하고 고치고 틀어지면 다시 이어가고 덧붙이는 과정입니다. 완성되지 않아도, 완벽하지 않아도, 지금도 두 사람이 붓 하나를 잡고 하나하나 그려나가는 일이 얼마나 대단한지요.

내가
찜했어

설악산, 1994
아빠 윤종근　엄마 서문정하

—

윤두열

"아빠, 아빠는 처음에 엄마를 어떻게 만났어?"

"아빠? 아빠는, 고등학생 때 취업 준비하던 곳에서……"

때는 바야흐로 1988년 8월 8일, 열여덟 살. 두렵고 무서울 게 없었던 푸른 청춘의 고등학생 시절에 아빠는 어느 한 공장에서 취업 훈련으로 일을 배우고 있었다. 그러던 어느 날, 교육을 받으러 온 무리 중에서 유독 밝게 빛나는 엄마를 보았다고 한다. 처음 보자마자 '엇! 예쁜데, 내가 꼬셔야겠다!' 마음먹었고, 후에 아빠와 함께 일하던 친구가 엄마의 '신상'을 알아왔다고 했다.

"열일곱이라는데?"

아빠를 포함해 뭇 남성들이 엄마에게 관심을 표했지만, 아빠는 그들을 처음부터 원천봉쇄했다고 했다.

"내가 찜했어. 다들 건드리기만 해봐, 아주."

그렇게 시작된 인연이 흐르고 흘러 여기까지 온 것이다. 연애 시절에 아빠가 편지를 잘못 보내는 큰 실수를 하는 등 위기를 겪었으나 사랑의 힘으로 이겨냈고, 지금의 나와 동생들이 있는 가족이라는 이름으로 여기까지 왔다고…….

연애 시절 주고받았던 편지와 함께 찍은 사진들이 가득한 앨범을 볼 때마다 "아이고, 이땐 정말 아무것도 모르고 그냥 좋다고 마냥 따라다녔지" 웃으며 말씀하시는 엄마와 그 옆에서 너털웃음을 웃으시는 아빠.

나도 당신들처럼 사랑하며 살아갈 수 있을까요.

공통점 하나가 가진 힘

경포 민박집, 1985
아빠 고종환 엄마 조명숙

—

고기은

아빠 엄마의 첫 데이트 장소는 오죽헌과 경포호, 그리고 부근 바다였다고 한다. 예나 지금이나 변함없는 강릉 데이트 코스이다. 이곳을 차례대로 걸어본다. 서로를 바라보는 것만으로 꿀이 뚝뚝 떨어지는 표정들. 그 설레는 순간을 사진으로 붙잡기도 하는 연인들. 33년 전, 이곳을 걸었을 스물네 살 청년과 스무 살 아가씨도 그러했을 테지. 아닌가, 앞서가는 마음을 애써 눌러야 하는 시간이었을 수도 있었겠다. 첫 데이트니까. 카메라 앞에 나란히 자리하는 게 낯설기만 하다. 손을 잡기도 조심스럽고, 팔짱을 끼는 것도 조심스럽다. 머뭇거리다 서로의 어깨가 닿은 찰나, 긴장과 설렘이 공존했을 순간이다.

첫 데이트의 첫 메뉴는 모둠회다. 대大자를 주문했다는 아빠. 엄마에게 잘 보이고 싶었던 아빠 마음의 크기가 아니었을까. 결론부터 말하자면, 대실수였다. 회를 몇 점만 먹고 말았다는 엄마와 잘 안 먹는 엄마를 보면서 마음 졸였다는 아빠. 비싸고 좋은 것을 먹이고 싶어 한 아빠의 마음이 고마워서 엄마는 못 먹는 회를 몇 점 겨우 먹은 것이다. 아빠도 회를 조금 먹다 말았다고 한다. 실은 아빠도 회를 잘 먹지 못했던 것이다. 두 사람은 횟집을 가서야 알게 되었다. 바다를 곁에 두고 사는 사람들이 회를 못 먹는다니. 못 먹는 음식이 같다는 공통점 하나를 발견하는 첫 데이트였다.

다음번엔 좋아하는 걸 먹자며 엄마에게 또 한번 데이트를 신청한 아빠. 그렇게 만남을 거듭한 후 두 분은 평생을 함께할 짝이 되었다.

딸부잣집이 진정 부자인 시대가 올 거라는 선견지명을 가지고 있던 아빠 엄마는 딸 넷을 낳았다.

공통된 식성 하나로 만남을 이어왔지만 함께 살면서 서로 맞지 않은 것투성이였다고 말하는 아빠 엄마. 공통점 하나가 차이점 열 가지를 포용하는 힘을 가지고 있던 걸까. 어쩌면 서로 맞지 않은 부분을 맞춰가려는 노력을 33년째 하고 있기 때문은 아닐까.

예쁜 말,
예쁜 입술의 당신

포항 오어사계곡, 1989
아빠 김종갑　엄마 강영숙

—

김유영

남자는 수줍음이 많았다. 사람들 앞에 나서서 이야기하는 걸 좋아하지 않았다. 글을 곧잘 쓴다는 소리는 들었지만 말하는 건 늘 어려워하는 사람이었다.
어느 해 성탄절, 여자가 집에서 쉬고 있었는데 친구에게 연락이 왔다. 소개팅을 하기로 했는데 사정이 생겼으니 대신 나가줄 수 없겠냐는 것이었다. 귀찮아 거절하려다 여자는 그날이 성탄절인 걸 떠올렸다. 재미삼아 나가보는 것도 나쁘지 않겠다 싶어 소개팅 자리에 나갔고, 그날 둘은 만났다. 말수 적은 남자의 눈에 생글생글 웃으며 이야기하는 여자는 참 예뻤다. 말도 예뻤고 그 말이 나오는 입술도 예뻤다. 남자는 곧 사랑에 빠져버렸다. 그 순간부터 마음을 감추질 못했다. 여자도 감정이 그대로 드러나는 남자가 싫지 않았다.
다음날부터 남자는 여자의 회사 앞에서 그녀의 퇴근을 기다렸고, 매일 만났다. 여자와 함께면 남자는 다른 사람이 보이지 않았다. 그토록 부끄럼 많던 남자였지만 여자의 손을 잡고 걸을 땐 거리에서 노래도 불렀다.
"하늘을 나는 새들— 푸른 저 하늘 위에서 꿈 따라 바람 따라 날아서 희망을 찾아가네—"
기분이 좋아서, 여자가 노래를 좋아해서, 사랑에 빠져서였다.

하루는 영화 〈접시꽃 당신〉을 보기로 했다. 영화는 막차 시간이 지나서야 끝이 났다. 여자를 집 앞까지 바래다준 남자는 택시비가 없었기에 자취방까지 세 시간을 걸었다. 그래도 행복했다. 그는 젊었고, 사랑을 하고 있었다. 문청인 남자는 말로는 늘 부족함을 느꼈고 그래서 자주 편지를 썼다. 여자를 생각하면 온갖 아름다운 형용사와 낱말들이 넘쳐흘렀다. 편지봉투에 쓰는 말은 늘 같았다.

'사랑하는 영숙에게.'

여자는 집에 돌아오면 언제나, 편지 한 통 한 통을 상자에 모아두었다.

마음의 무게

울진 재래시장, 1982
아빠 김용은　엄마 노명자

—

김유미

육남매 중 장남과 육남매 중 장녀가 만나 결혼을 한 지 벌써 38년째 입니다. 그 당시 가난한 아빠는 홀어머니와 미혼인 동생 넷을 책임지고 있었으니, 엄마와 아빠는 얼마나 고단한 삶을 사셨을까요. 이제야 그 무게를 알 것 같습니다.

새벽부터 밤늦게까지 일을 하고, 한 달에 쉬는 날이라곤 단 이틀뿐이었어도 힘들다는 말 없이 가게를 꾸렸던 아빠와 엄마. 게다가 엄마는 시동생들 뒷바라지와 시집살이까지 견뎌내야 했으니, 얼마나 힘드셨겠습니까. 동생들 업어 키운 맏딸, 맏아들의 저력으로 버텨낸 세월이었을 겁니다. 어린 제 눈에도 엄마가 힘든 게 눈에 보여서 고운 우리 엄마 도망갈까봐, 우리 엄마 울까봐 노심초사하던 마음이 지금도 생각납니다.

사진 속 장소는 1982년 경상북도 울진의 어느 재래시장이라고 하는데요. 그 당시 엄마는 스물다섯 살, 아빠는 서른네 살. 두 분 참 풋풋하던 시절입니다. 집안 어른 모시고 살면서 여행은 꿈도 못 꾸었겠지만, 다행히 아빠의 회사에서 백암온천으로 보내준 부부 동반 여행이 두 분에게 달콤한 휴가를 주었던 것 같습니다. 오랜만에 일상에서 탈출한 우리 엄마와 아빠, 정말 여유로워 보이죠?

지금도 시장 구경을 좋아하는 엄마와 아빠는 전국의 장날을 메모해 놓고 시장 구경을 다닙니다. 많이 웃고, 여행 많이 다니면서 오래오래 건강하고 행복하게 사세요! 사랑해요, 엄마 아빠!

여우 같거나,
곰 같거나

통영 산양읍, 1985
아빠 최인수　엄마 이경자

—

최정이

"네 아버지는 내 손바닥 위에 있다."

어머니가 과일을 깎으면서 말했다. 그녀의 눈에 빙긋, 구김살이 졌다. 차갑고 권위적으로만 생각했던 나의 아버지였다. 설마. 나는 말도 안 된다고 생각했다. 오랜만에 서울에서 온 딸과 그냥 이런저런 농담을 하고 싶어서 하는 말인 줄 알았다. 손바닥이라니. 왠지 아버지라면 어머니의 작은 손바닥 위에서 '내려달라'며 성질 아닌 성질을 잔뜩 부릴 것 같았다. 나는 장난감 레고처럼 작게 변한 아버지를 상상해보았다. 아버지는 어머니의 손바닥 위에 앉아 티브이를 보고 밥을 먹고 음악을 듣는다. 이따금씩 기타를 치기도 한다. 어쩐지 간지러운 느낌이다. 나는 어머니에게 '어떻게 그렇게 확신하시느냐'고 물었다.

어머니는 새벽마다 바닷바람을 맞으며 낡은 그물과 사투를 벌이는 키 큰 어부의 딸이었다. 그녀의 아버지는 고기를 낚아올리는 것에는 귀신이었다. 미끼를 꿰어 고기를 낚아올리고 잡은 물고기를 팔아 어머니를 먹이고 입혔다. 그런 어머니가 연애 시절, 아버지와 낚시터에 갔다. 아버지는 '아무래도 그때부터 내가 네 엄마한테 속은 것 같다'고 했다. 그때 아버지의 계획을 그대로 옮겨보자면 '님도 보고 뽕도 따고'였다. 데이트도 하고 좋아하는 낚시도 실컷 하고. 그러나 그의 계획은 실패했다. 낚시하는 내내 어머니가 지렁이가 징그러워서 도저히 만질 수 없다며 꿰어달라고 졸랐기 때문이다. 나는 눈을 게슴츠레 뜨고 어머니에게 '완전 여우 같다'고 말했다가 등짝을 맞았다.

어부의 딸이 지렁이를 무서워할 리 있겠는가. 커다란 갯지렁이를 수도 없이 보고 만지고 했을 그녀였다. 아니, 신나게 둘둘 꿰었을 그녀였다. 그런 그녀가 아버지 옆에 붙어 수줍은 표정으로 '못하겠다'고 하다니. 나는 웃음이 터졌다.

"네 아버지 꼬시려고 그랬지."

그녀가 깎은 과일을 한입 크게 베어먹었다.

"그런 척도 하고 아닌 척도 하고 못 본 척, 이해하는 척도 해야 해."

결혼을 앞둔 나는 어머니의 말을 조용히 듣고 있었다. 피가 되고 살이 될 것이다. 어머니의 말은 막연하게 그런 힘이 있었다. 안타깝게도 나는 어머니의 여우 같은 기질을 물려받지 못했다. 나는 솔직한 곰이었다. 나는 내 의사와 의중을 날것 그대로 내놓는 사람이다. 그렇기에 예비 신랑과 종종 트러블이 일어나는 편이었다. 나는 어머니의 유연한 힘을 닮고 또 좇아가고 싶었다. 불편한 손바닥엔 그 누구도 올라서지 않는다. 내 진가를 알아주고 이해해주고, 따뜻하게 감싸주는 사람의 손바닥이라면, 말하지 않아도 스스로 찾는다. 그 손바닥이 곧 안식처이므로. 나는 얼른 포크로 과일을 찍어 아버지가 있는 안방으로 쪼르르 달려갔다.

아버지는 어머니가 곱게 펴놓은 침대 이부자리에서 낮잠을 자고 있었다. 그 모습은 완연한 사랑이었다.

사랑이 오는 속도

옥천, 1969
아빠 양진성 엄마 박홍순

—

양희 다큐멘터리 작가

노을이 물들던 어느 오후. 남자는 여자의 집으로 찾아가 먼발치에서 여자를 보았다. 여자의 은사였던 이모부가 선 중매였다. 단발머리의 여자를 한참 바라보던 남자는 헛기침을 몇 번 하고는 툇마루에 걸터앉아 인사를 건넸다. 여자의 놀란 눈은 남자의 어깨를 힐끔 스쳐 지나갔다. 주고받은 말이 많지는 않았다. "단풍이 들기 시작하네요" 라고 남자가 말문을 열었고 여자는 마당 끝의 은행나무를 바라보았다. 노랗게 물들기 시작하는 은행잎이 노을에 반짝였다.
그리고 얼마 후 두 사람은 도시의 예식장에서 식을 올렸다. 스물넷 그리고 스물셋의 늦가을이었다.
그날 오후, 마당엔 널따란 멍석이 깔렸다. 아랫동네에서부터 안동네까지 신부를 보려는 이들이 마당을 가득 메웠다. 아들딸 많이 낳고 행복하게 오래오래 살라며 어른들은 대추와 밤을 던졌고 아이들은 동그란 웃음을 던졌다. 두 사람에겐 밤하늘의 별만큼이나 수많은 나날이 펼쳐지는 첫 밤이었다.
도시의 단칸방에서 시작한 남자와 여자는 성실하게 살림을 살았다. 딸 둘 아들 둘, 겨울밤이면 여섯 식구는 아랫목이 비좁은 줄도 모르고 나란히 누워 이야기꽃을 피웠다. 도시로 나온 지 12년 만에 붉은 벽돌 이층집을 지었다. 그리고 수국과 목단이 피고 석류가 붉게 익어가는 마당에서 네 아이들을 키웠다. 아이들은 해마다 쑥쑥 자랐다.

여자는 남자가 떠난 집에서 35년째 살고 있다. 남자가 심었던 석류나무는 어느새 현관을 막아설 듯 자라 있다. 더 늦기 전에 나무를 베어낼까…… 내년까지 더 두고 볼까……. 여자는 고민을 하다 내년으로 결정을 미룬다.

만난 지 20일 만에 결혼을 하고 25년을 함께 살고 그뒤로 22년을 혼자 살았다. 지나온 날들이 하도 꿈결 같아서 여자는 혼자, 뒤늦은 수국을 바라본다. 남자를 만나고 가장 길었던 시간은 20일, 결혼식을 기다리던 그 시간이라고 생각한다. 사랑의 시간은 같은 속도로 오지 않는다.

영란씨와 종칠씨

서울 우이동 화계사 산책길, 1984
아빠 최종칠　엄마 방영란

—

최현경

우리집 한켠엔 액자 속 사진 한 장이 항상 자리잡고 있다. 내가 사진 속 엄마의 나이쯤 되었을까? 어느 날 무심코 엄마에게 물었다.

"엄마, 아빠랑 연애결혼 했어?"

"응. 3년인가?"

생각지 못했던 답변에 "정말?" 하고 크게 놀랐다. 나는 엄마 아빠를 당연하게 처음부터 그냥 부모님인 줄로만 생각했나보다. 젊은 날의 엄마 아빠는, 조용필 오빠와 결혼하는 게 꿈인 영란이와 통기타를 둘러메고 해변을 거닐던 종칠이로 불렸을 텐데 말이다.

'3년'이라는 엄마의 답변에 그 시절 엄마와 아빠의 모습을 처음으로 그려보았다. 내가 태어나고 당신들의 이름 대신 '엄마'와 '아빠'로 불리는 게 처음이어서 모든 게 어색하고 모르는 것도 많았을 텐데 어릴 때는 그 모든 것이 야속하기도 하고 때론 부끄럽다는 생각도 했다.

어째서 당연하다고 생각했을까? 엄마 아빠이기 전에 지금의 나처럼 연애도 하고 꿈을 찾는 청춘이었을 텐데 말이다.

"엄마는 나한테 주는 게 아깝지 않아? 나는 내 자식이어도 아까워서 못 줄 것 같아."

"자식 낳아봐."

엄마의 한마디는 아직 내가 이해하기에 너무 어려웠다.

"아빠는 무서운 게 있어? 뭐가 제일 무서워?"

"뱀."

아빠는 어릴 때 보았던 뱀이 제일 무섭다고 했다.

그 청춘들은 어느새 누구의 엄마 아빠로 불리며 그렇게 부모님이 되었다. 항상 무심코 바라보던 사진 속 젊은 날의 영란씨와 종칠씨에게서 내가 모르던 엄마 아빠가 어렴풋이 보이려고 하는 것만 같다.
내가 아는 엄마와 아빠, 그리고 내가 모르던 엄마와 아빠.

나쁜 남자
혹은 백마 탄 왕자

제주도, 1999
아빠 박연　엄마 박윤예

—

박유빈

"입술이 정말 예쁜데 나랑 뽀뽀나 한번 할까요?"
처음 보는 남자가 이런 말을 한다는 것은 영화에서나 있을 법한 일입니다. 하지만 이것은 현실 속 대사였고, 현실 속 여주인공은 생각합니다.

'뭐 이런 미친놈이 다 있어.'

이 대사의 발단은 이렇습니다. 엄마가 동네 친구들과의 계모임에 나갔는데, 때마침 아빠의 친구가 아빠를 초대했다고 합니다. 엄마의 얼굴은 모자에 가려져 입술밖에 보이지 않았지만 아빠는 엄마의 입술만 보고도 반해버려서 밖으로 바람 쐬러 나간 엄마를 따라 나가 이 대사를 날린 것입니다. 그리고 '용감한 자가 미인을 얻는다'라는 옛말이 맞았던 것인지 아빠는 첫 만남에 엄마를 좋아하던 수많은 늑대 친구들에게서 엄마를 구해내었고 '분홍빛 연애'를 시작하게 되었습니다.

그러나 설렘도 잠시. 영화 속 '백마 탄 왕자'로 영원히 남아줄 것 같던 아빠에게는 역할이 하나 더 남아 있었는데요, 그 역할은 바로 '나쁜 남자'였고 결국 이 역할은 신혼여행에서 가장 빛을 발했습니다.
결혼식 하루 전, 어떤 이유인지는 모르겠지만 두 분이 매우 크게 싸우고 나서 신혼여행지에 도착한 후 저녁을 먹으러 갔는데 글쎄 아빠가 밥이 맛이 없다면서 "너 입덧해서 속 안 좋다고 했지? 어차피 속 안 좋으니까 그냥 네가 다 먹어"라고 말씀했다고 합니다. 저는 이 이야기를 듣자마자 매우 화가 나 엄마께 어떻게 이렇게 나쁜 남자였던 아빠와 결혼을 결심할 수 있었는지 물었는데 그때 엄마가 해주신 말씀이 아직도 또렷하게 기억이 납니다.

"누구나 자신의 마음에 꼭 드는 완벽한 사람은 없고 아빠 또한 완벽하지 못했어. 하지만 아빠는 엄마를 사랑하는 마음만은 그 누구보다도 크게 가지고 있었고, 엄마가 고쳐줬으면 좋겠다고 하는 것은 꼭 고쳐주었지. 엄마도 아빠를 사랑하는 마음이 큰 만큼 아빠가 바뀌어가는 것을 기다려줄 자신이 있었고. 그래서 결혼 또한 결심할 수 있었단다."

엄마의 이 말을 듣고는 생각했습니다. 이 세상 어디에도 마음에 꼭 맞는 남자, 여자는 존재하지 않지만 '사랑'이라는 이 두 글자는 부부가 서로를 배려하고 이해해주고 기다려주는 것, 그리고 서로의 톱니바퀴가 되어 어긋나지 않고 삶이 잘 돌아갈 수 있도록 해주는, 단 하나의 넘을 수 있는 신의 영역이라고…….

아! 신혼여행 뒷이야기가 궁금하다고요? 신혼여행 마지막날 아빠께서 먼저 사과하셨고, 엄마와 결혼하신 지 18년이 지난 지금의 아빠는 나쁜 남자가 아닌 백마 탄 왕자님이 되기 전 단계에 계시답니다.

만약에 말이야

구미 금오산, 1991
아빠 노승호　엄마 박선애

—

노경진

만약에 우리 엄마가 다른 남자를 만났더라면. 혹은 우리 아빠가 다른 여자를 만났더라면. 이 '만약에 기법'을 나의 부모님에 적용해봤다. '만약에 기법'이란 모든 사건에 변수를 두어 이야기의 결말을 다르게 상상하는 것이다. 혹 '만약에 기법'을 잘못 사용하면 절망적인 기분과 입맞출 수 있으니 각별히 주의하자.

"엄마 아빠가 서로 다른 사람을 만났다면 난 부잣집에서 태어났을 거야!"
내 말을 들은 아빠는 다정하게 참외 한 조각을 입에 넣어주며 "그럼 넌 태어나지도 못했어" 하며 핀잔을 준다. 엄마는 "우리가 만나서 너도 존재하는 거지" 하며 쐐기를 박는다. 일리 있는 말이다.

두 분은 동네 친구였다. 까까머리 남고생이던 아빠는 여고생이던 엄마를 집 앞까지 데려다준 어느 날 이렇게 말했단다.
"나는 우리 형 성격 닮아서 한 번 아니라고 하면 두 번 말 안 해. 우리 만나자."
"난 너를 친구로만 생각했는데?"
수많은 고민 끝에 겨우 건넨 뜨거운 고백을 쥐콩만한 여고생이 화로에 물을 붓듯 삽시간에 꺼트렸다.

그날 밤 이야기만 나오면 엄마는 비단옷 입고 고향 간 사람처럼 우쭐거린다. 나는 그 모습에 픽 웃어버린다.

실은 그전부터 그녀도 그를 좋아했던 게 아닐까. 새초롬한 얼굴로 첫사랑보단 영원한 배필이 되고 싶은 마음을 쏙 감춘 채 소중한 인연을 나중으로 미뤘던 거지.

마지막으로 '만약에 기법'을 사용해본다. 만약에 말이야, 그때 다른 선택을 했더라면 "아직도 자고 일어나면 제 아내가 예뻐 보입니다"라고 말하는 남자가 있었을까?

도깨비 작전

장소 미상, 1991
아빠 이오한　엄마 주향미

—

이주현

내가 여덟 살 무렵 어느 무더운 여름날, 아빠와 엄마와 나와 동생, 이렇게 네 식구는 거실에 이부자리를 펴고 누워 있었다. 얼마 전에 티브이를 보다가 '데이트'라는 단어를 새로 배운 동생이 물었다.

"엄마랑 아빠도 데이트했었어?"

천진난만한 질문에 아빠가 웃으셨다.

"당연히 했지. 그런데 엄마가 아빠한테 관심이 없어서 데이트하기까지 많이 힘들었어."

선 자리에서 서로를 처음 만난 아빠와 엄마. 아빠는 늘씬하고 예쁜 엄마를 보고 첫눈에 반했지만, 결혼 생각 없이 부모님 때문에 선을 보러 온 엄마는 아빠를 계속 거절했다고 한다.

"아빠가 엄마랑 데이트하려고 머리 많이 썼다. 아빠는 '도깨비 작전'을 썼어!"

첫 만남 이후, 아빠의 애정 공세는 엄청났다고 한다. 엄마의 직장으로 꽃과 편지를 보내기도 하고, 노래를 불러주겠다며 전화를 걸기도 하고. 엄마는 심각한 음치인 아빠의 노래를 듣느라고 꽤나 고생했다며 웃으셨다. 아빠는 한 번만 더 만나보자며 매일같이 엄마를 졸랐지만, 엄마는 아빠의 말을 칼같이 거절하셨다고 한다.

그러던 어느 날, 이 모든 일이 한순간의 꿈인 것처럼 아빠는 모든 애정 공세를 끊으셨다. 도깨비처럼 순식간에 감쪽같이 사라져버리는, 아빠의 표현을 따르면 '도깨비 작전'. 요즘말로 '밀당'을 하신 것이다. 결국 며칠 후 궁금증과 기다림, 허전함을 이기지 못한 엄마가 처음으로 아빠에게 먼저 전화를 걸어 잘 지내냐고, 만나자고 하셨다 한다. 이렇게 시작된 첫 데이트 이후 두 분은 사랑을 키워나가셨고, 결혼에 골인하셨다. 두 분은 지금도 서로의 옆자리에서 함께 인생을 가꾸어나가고 계시다.

내일도
청재킷 입고 나와요

과천 서울대공원, 1988
아빠 윤동찬　엄마 이은희

—

윤소진

참 멋없는 남자였어. 투박한 얼굴에 짙은 눈썹, 심지어 말주변도 없었으니까. 나는 88올림픽 당시 안산 라성호텔에서 외판원으로 근무하고 있었어. 그때 직원식당에 갈 때마다 눈이 마주치는 남자가 한 명 있었어. 나보다 여덟 살 많은 남자였는데 별다른 말도 없이 주변을 맴돌기만 하더라고. 어느 날 그 남자가 나를 비상계단으로 부르더니 밖에서 한번 만나자고 했어.
첫 데이트는 최악이었어. 서울대공원에서 만났는데 다짜고짜 자기 등에 업히라는 거야. 나보다 덩치가 두 배는 큰 남자가 업히라고 하는데 얼마나 무섭고 당황스러웠겠어. 내가 몇 번이고 거절하니까 그제야 나란히 걷기 시작하더라고. 처음 몇 달은 무서워서 만났던 것 같아. 하루는 내가 할말이 없어서 청재킷이 잘 어울린다고 말했어. 그런데 그날부터 줄곧 청재킷만 입고 나오는 거야. 심지어 한여름에도 반소매 티셔츠 위에 청재킷을 입고 나오는 거 있지. 그때부터 조금씩 귀여워 보이기 시작했어. 그 짙은 눈썹을 이유 없이 건드리고 싶어졌을 때, 마침내 등에 업혔지. 데이트를 할 때마다 나는 허벅지에 착 달라붙는 짧은 반바지를 입고 나갔는데, 내 허리에 청재킷을 둘러주더라고. 그런데 청재킷이 땀에 젖어서 눅눅한데다가 너무 무거운 거야. 그 순간 축축한 등과 살짝 떨고 있는 그의 손이 따뜻하게 느껴졌어. 생각해보니 열세 살에 아빠가 돌아가신 이후로 누군가의 등에 업힌 건 처음이더라고. 그렇게 무서운 아저씨는 나의 동료이자 친구, 애인, 그리고 아빠 같은 남편이 되었어. 지금은 철없는 막내아들 같지만 여전히 뒷모습을 보면 편안함을 느끼곤 해.

그런 모습이
그렇게 좋아 보이더라

공주 공산성, 1981
아빠 류병석　엄마 한영자

—

류미현

딸은 아빠 같은 남자와 결혼하고 싶어한다던데, 나에게 우리 아빠는 절대 결혼하고 싶지 않은 류의 사람이었다. 독불장군에 자린고비, 무뚝뚝한 아빠. 아빠와 비슷한 남자와 소개팅을 한 날이었다.

"내가 아빠 같은 사람이랑 결혼한다고 하면 어떨 것 같아?"

평생 따뜻한 말 한마디 듣지 못하고 제대로 된 선물 하나 받지 못한 엄마라 그런 남자는 싫다고 할 줄 알았다. 하지만 엄마의 대답은 놀랍게도 '나쁘지 않지'였다.

"한 번도 엄마를 함부로 대한 적이 없으니까."

젊은 시절, 아빠는 가난한 청년이었다. 원거리 연애다보니, 만나는 것도 쉽지 않았기에 두 사람은 편지를 주고받으며 사랑을 키웠다.

"도대체 뭘 보고 아빠랑 결혼한 거야?"

"아빠랑 어떤 가게에 갔는데 거기 직원이 화상 때문에 손과 얼굴이 다 일그러져 있었어. 그런데 아무렇지 않게 먼저 악수를 청하는 거야. 그게 그렇게 좋아 보이더라."

사랑한다는 말 한마디 할 줄 모르는 남편. 하지만 엄마에게는 평생의 첫사랑. 두 사람에게는 연애 시절 찍은 사진이 단 한 장뿐이다. 1981년 12월 25일 공주 공산성에서. 엄마는 그 날짜를 아직도 정확하게 기억하고 있다.

자린고비 아빠는 결혼 후, 바로 카메라 한 대를 장만했다. 앨범 속 단 하나뿐인 연애 시절 사진 뒤로는 엄마의 사진이, 오빠의 사진이, 내 사진이, 그리고 우리의 사진이 아직까지도 차곡차곡 쌓여가고 있다. 엄마 아빠의 시간이 차곡차곡 쌓여가고 있는 것처럼.

우리의 시간은
우리도 모르게 흐른다

문경 용추계곡, 1990
아빠 장영익 엄마 신남숙

—

장한준

오늘도 하는 일 하나 없이 빈둥거리다가, 책꽂이에 늘 꽂혀 있는 앨범에 흥미가 생겨 집어들었습니다. 이게 얼마 만에 앨범과의 접촉인가 생각해보니 적어도 1년 반은 족히 넘은 것 같더군요.
앨범이란 게 가끔은 펼쳐봐야 그 존재의 가치가 빛을 발하는 게 아니겠나 생각하며 조금 가벼운 마음으로 첫 장을 넘겼습니다.
그리고 첫눈에 저를 사로잡은 사진 한 장을 계속 바라보기만 했습니다. 눈이 멀어 있었다는 표현이 적절할 것입니다. 저는 정말 오랜만에 놀랐고, 신기했습니다. 제가 요즘 노력하는 마음가짐 중 하나가 '놀라지 말고, 신기해하지 말자'거든요. 그건 제 존재부터가 신기한데 세상에 일어나는 일들에 놀라서 충격받지 말자는 생각에서 정한 마음가짐이었습니다. 하지만 저에게 기적을 만들어준 어린 시절 당신들의 모습을 보고도 눈이 멀지 않을 방도가 있을까요.

아름답습니다. 물론, 이십대의 두 분의 모습은 더 말할 것도 없지만, 오십대의 두 분을 곁에 두고 있는 스물세 살의 제가, 이십대의 두 분과 만나는 이 순간이 조금 더 아름답네요.
방황이 조금 긴 아들이었습니다. 지금도 물론 방황하고 있지만, 몇 년 전 방황은 차원이 다른 방황이었지요. 두 분은 저를 놓지 않으셨고, 그 덕분에 저는 무서울 만큼 넓은 바다에서 육지로 온전히 돌아올 수 있었습니다. 제 발로 바다에 들어간 것도, 배에 올라 선원이 되어 이리저리 항해한 것도 그리 무의미하지는 않았겠지만, 그 기간이 조금 길었던 것은 너무도 후회됩니다.

시간이 흘러 성인에 가까워지는 것을 저는 마냥 좋아했지만, 두 분의 시간도 흐르고 있다는 것은 몰랐으니까요. 지금도 그 생각에 잠 못 이룰 때면, 혼자였던 그 장소로 잠시 날아가 조금 울고 옵니다.

사랑한다고 말하기에 앞서 사과부터 드리고 싶습니다. 저를 만난 후 두 분이 포기했을 모든 것에 대해서요. 그렇기에 저는 이십대의 두 분에게는 미안하지만, 지금 제 곁에 있는 오십대의 당신들을 너무도 사랑합니다.

부부의 패턴

제주도, 1980
아빠 홍세희 엄마 박여옥

—

홍인혜 작가, 카피라이터

엄마와 아빠는 내가 태어난 순간부터 이미 '엄마'와 '아빠'로 존재했기 때문에 그 이전의 모습은 도무지 그려지지 않는다. 게다가 두 분은 무던하고 심드렁한 부부의 전형이기에, 대단히 실례되는 말씀이지만 당신들께도 풋풋한 연애 시절이 있었으리란 사실은 더더욱 상상하기 힘들다. 그럼에도 이따금 흘러나오는 추억담에서 부모님의 청년 시절을 엿보곤 한다.

우리 아빠는 진지하고 과묵한 성격이라 뭔가에 집중하기 시작하면 다른 것들에는 일절 주의를 끊는 스타일이다. 요즘도 신문기사나 윈도 카드놀이, 스도쿠 등에 열중하면 옆에서 소리 높여 불러도 잘 못 듣는 경우가 많다. 엄마는 30년이 넘어도 새삼스레 못마땅하신지 "저 저 또 저런다" 하며 혀를 차는데 한번은 아빠가 그랬다.

"연애할 때 너희 엄마는 내가 이러면 발딱 일어나서 가버렸어."

무슨 이야기인지 캐묻자 흘러나오는 이야기는 다음과 같았다. 다방에서 만나기로 한 어느 날, 먼저 도착한 아빠가 착석하여 책에 몰두해 있었단다. 곱게 단장한 엄마가 앞에 사뿐 나타났는데 아빠는 책에 열중하느라 알아채지 못했다나? 엄마는 잠시간 서 있다가 팽 돌아서서 또각또각 가버렸고, 그제야 눈치챈 아빠가 쫓아가서 사과하고 또 사과했다는 이야기.

사소한 에피소드이지만 나는 이 이야기가 무척 유쾌하고 마음에 들었다. 태초부터 엄마와 아빠로 존재했을 것 같은 이분들에게도 토라지고 달래주는 연애의 과정들이 있었구나, 새침한 엄마와 쩔쩔매는 아빠가 존재했구나 하는 생각이 들었기 때문이다. 더불어 세월이

지나도 변하지 않는 이 부부의 패턴—아빠는 언제나 삼매에 들어 엄마의 신경을 거스른다—과 유구한 역사를 반복하는 연애의 패턴—누군가가 무심하면 누군가는 토라진다—을 엿보게 된다. 오크통에 수십 해 묵은 것 같은, 오래된 포도주 같은 저 부부에게도 그런 새콤달콤한 시절이 있었구나 하는 생각에 나도 이 에피소드를 떠올릴 때마다 새콤달콤한 기분이 된다.

안아주고 싶은 당신의 외로움

제주도, 1991
아빠 김상기 엄마 김미연

—

김정현

1991년이라고 했다. 두 사람이 사랑의 서약을 맺고 처음으로 함께 떠난 날. 아빠와 엄마가 온몸과 마음으로 담았을 제주의 풍경을 2017년의 내가 상상한다. 푸른 하늘과 에메랄드빛 바다. 포근한 햇살과 난생처음 보는 커다란 야자수. 얼마나 아름다웠을까. 둘만의 영원을 약속하며 오른 여행길에서 모든 게 설레고 행복했을 그들의 눈망울을 그리다보면, 나 또한 벅차올라 눈이 시리다.

그러나 다시 생각한다. 정말로 아름다웠을까. 그 빛나는 풍광과 화려한 볼거리들이 가끔은 부담으로 다가오진 않았을까. 기나긴 여정을 이제 막 열어가는 이들 앞에 펼쳐진 꿈같은 장면들. 막막해서, 불안하고 겁이 나서, 그런데도 풍경은 속도 없이 아름다워서, 별들이 수놓은 밤하늘을 보며 몰래 눈물을 훔치지는 않았는지. 모든 시작은 기쁨과 두려움 사이에서 흔들리기 마련이니까. 장밋빛 동행조차도 기어이 삶의 궤적 위로 달라붙는 법이다.

그리고 다시 오늘. 시간은 참 많이도 흘렀고 나는 어느덧 그런 걸 떠올리는 나이가 되었다. 웃음 뒤로 흩어지는 한숨 같은 것들을. 두 분의 주름과 눈물을 결코 나는 지나치지 못한다. 아빠와 엄마는 그게 야속하겠지. 언제까지나 천진한 아들로 품에 남기를 바랄 수도 있겠지. 그건 욕심이나 집착이 아니라, 차라리 외로움일 거다. 혼자일 때도, 둘이서 입맞출 때도, 쑥쑥 커가는 아들들을 볼 때도 따라붙는 징한 외로움. 삶의 매 순간에 기웃거리는 그 고약한 놈을 이 둘째 아들이 있는 힘껏 지켜보는 중이다. 아빠와 엄마 모두, 혼자서만 외롭지 말라고. 기왕 외로운 거, 같이 외롭자고 말이다. 노력이 결실을 맺기를 바란다. 외로운 존재만이, 외로움을 알고 외로움을 마주하는 자만이 사무치게 외로운 이를 꽉 안아줄 수 있는 거니까. 나는 당신들을 안아주고 싶을 뿐이다.

청춘이라는
연극

태국 파타야, 1993
아빠 김석영 엄마 최미정

—

김승수

낙엽 한두 장이 이따금씩 바람에 흩날리기 시작하던 1993년 10월. 결혼식이 끝나고 신랑 신부를 태운 비행기는 태국으로 향했다. '신혼여행'이라는 부제를 달았던 그 시간은, 말하자면 연극 〈그들의 청춘〉 제1막과 제2막 사이의 막간극이었다.

여행 마지막날, 그들이 앉아 쉬던 파타야 해변에는 노을이 지고 있었다. 남자와 여자는 서로의 손을 잡았다. 그리고 황금색 스카프를 그들의 손목에 둘러 매듭지었다. 남자는 잠시 하늘을 보다가 "우린 지금 인생의 중반을 넘어서고 있는 거야"라고 말했다. 그들에게 이 말은 저물어가는 인생을 의미하는 게 아니었다.
우리는 매화가 피는 걸 보며 봄이 왔음을 안다. 시간이 지나 매화가 지는 걸 보게 되어도 슬퍼하지 않는다. 개나리가 만발하는 날이 오니까.
두 사람이 손을 맞잡고 스카프를 두른 순간은 그런 것이었다. 매화가 피는 하얀 봄에서 개나리가 피는 노란 봄으로의 이동. 색깔이 다를지라도 봄은 그대로 봄이라는 사실을 그들은 알고 있었다. 별을 바라보고 사랑을 얘기했던 낭만의 청춘에서, 서로를 바라보고 인생을 얘기하는 완숙한 청춘으로의 환승일 뿐이라는 사실을 알고 있었다.

막간극은 금세 끝이 나고, 새로운 막이 오른 지 어느새 25년이 지났다. 여전히 남자의 실없는 농담에 여자는 싱글벙글 웃어준다. 여자는 꽃을 사 와 화분을 만들고, 남자는 그 화분에 물을 준다. 무대는 조금 달라졌을지언정 그들은 아직도 누구보다 푸르른 봄을 살고 있다. 현재 진행형인 〈그들의 청춘〉 제2막은 아직 끝나지 않았다.

우리가 나눠 가진 것들과
그 너머

부산 태종대, 1980
아빠 김혜태　엄마 이경희

—

김지향　달 출판사 편집장

사진 속 무뚝뚝한 경상도 남자는 여자와의 '결혼기념일'에 꽃 한 송이 제대로 사본 적 없지만, 해마다 남자와 여자가 '처음 만난 날'이 돌아오면 가족식사 자리를 만들어 온 가족을 한자리에 불러모았다. 온 가족이라고 해봐야 처음 얼마간은 남자와 여자 단둘이었을 테고, 몇 년 후 그들 사이에 태어난 딸까지 포함해도 이토록 단출한 셋이 전부였지만.
그렇게 7월 17일을 기념하고 살아온 지 올해로 42년이 되었다. 7과 17이라는 숫자는 애써 외우려 하지 않아도 기억하기에 좋았다. 달력에 '제헌절'이라는 글씨와 함께 빨간색 잉크로 인쇄되어 있었던 시절만 해도, 남자는 가족식사가 아니라 가족여행을 도모했다. 그것도 매년 늘 같은 장소로. 그곳은 바로 남자가 여자를 처음 만났던, 경주 석굴암이었다.

1975년 7월 17일 목요일. 사범대에 진학했으니 우리나라 역사를 알아야겠다는 생각 하나로 훌쩍 경주로 떠난 서울 여자. 여자는 경상북도 청도에서 태어나 대구에서 자랐으나 스무 살 무렵 상경해 정착했다. 그러므로 자신은 틀림없는 서울 여자라고 스스로 생각한다. 같은 날, 선배와 함께 가기로 약속되어 있었지만 그녀(!)가 나타나지 않아 어쩔 수 없이 홀로 불국사를 찾은 부산 남자. 남자는 좀더 시간이 지난 후 진학과 취업을 위해 서울로 올라왔다. 그리고 지금껏 자신은 부산 남자라는 정체성에 의심이 없다. 두 사람 모두 경주로 가는 길은 혼자였으나 경주를 떠나는 길은 함께였다.

그 작은 불꽃으로부터 시작된 두 사람의 역사. 매년 7월 17일이면 경주로 내려가는 자동차에서 어린 딸은 뒷좌석에 모로 누워 잠이 들었다가 한번씩 발판 쪽으로 툭 떨어지곤 했는데, 그 모습을 보며 여자와 남자는 소리내어 깔깔깔 웃곤 했다. 그러면 딸은 그들이 내는 웃음소리를 듣는 게 좋아서 얼마쯤은 또 일부러 구르기도 했을 것이다. 팔다리가 좌석 틈에 끼인 채 올려다본 여자의 얼굴은 해사했고, 운전대를 잡은 남자의 팔뚝은 듬직했다.
딸의 키가 자라는 만큼 가족의 자동차 크기도 점차 커졌지만, 딸은 뒷좌석에 눕기 위해서 점점 다리를 구부려야 했고, 가족여행보다는 친구를 만나러 나가는 것이 더 신났다. 남자와 여자가 살뜰하게 살펴놓은 울타리를 넘어 멀리 달아나겠다고 안간힘을 쓰기도 하다가 한 남자를 만났다. 딸은 얼마쯤 연애하다 그 남자의 손을 잡고 집을 떠났다. 의도한 것은 아니었지만 그 역시, 부산 남자였다.

같이 살지 않는다고 해서 헤어진 것이 아니라는 것을 헤어진 후에야 알았다. 가족이라는 이름으로 나눠 가진 것은 비단 유전자뿐이 아니었으니까. 이를테면, 갑자기 실룩거리는 눈썹의 미세한 떨림이 말해주는 신호 같은 것. 전화가 난데없이 끊어지면 누가 다시 걸 것인지 정해둔 약속 같은 것. 서로가 서로에게 건네는 괜찮다는 말을 믿지 않겠다는 다짐 같은 것. 그리고 그 모든 것 너머에 존재하는, 단단하게 여물어 이내 곧 왈칵 하고 말 것 같은 마음들.

이제는 다섯이 된 온 가족이 한자리에 모여 앉은 어느 날, 다음 돌아오는 제헌절에는 다 함께 경주에 가자고 약속하였다. 빨간 날은 아니지만 개의치 말자고 했다.
더이상 빽빽한 고속도로 위에 하염없이 갇혀 있어야 했던 승용차가 아닌, 두 시간 오 분이면 우리를 그곳에 데려다놓을 고속열차를 타겠지만, 이제는 딸 대신 돌쟁이 손녀가 천방지축 제 세상을 펼쳐놓겠지. 그렇게 또 남자와 여자는 소리내어 깔깔깔 웃을 것이다. 입꼬리를 따라 길게 생겨난 주름도 무색하게 활짝일 것이다. 여전히 여자의 얼굴은 해사하고, 남자의 팔뚝은 듬직하다.

흑백사진 속
싱그러웠던 날들

부산 동아대학교 교정, 1983
아빠 임형곤 엄마 박선애

—

임은비

얼마 전, 우리 가족에겐 아담하지만 소중한 보금자리가 생겼다. 학업과 업무 등의 이유로 국내외 곳곳에 따로 떨어져 살던 근 13년의 시간을 정리하고 다시 한집에 모여 살게 된 것이다.
'우리집'에 세간살이를 차곡차곡 채워넣는 이사는, 몸은 고단해도 마음을 설레고 행복하게 했다. 이사가 마무리되던 즈음 낡고 묵중한 앨범 하나가 눈에 들어왔는데, 그건 바로 부모님의 대학교 졸업 앨범이었다.

부모님은 부산의 한 대학교 영어영문학과 캠퍼스 커플이었다. 앨범에 실린 빛바랜 흑백사진 속에는 예쁜 원피스를 입고 수줍은 미소를 띤 엄마와, 아직 정장 차림이 어색해 보이는 청년의 얼굴을 한 아빠가 있다. 지금의 나보다 열 살은 어린 부모님의 모습은 낯설면서도 참으로 싱그럽고 아름답다.

엄마가 가끔 얘기했던 일화가 떠올랐다. 학교에서 단체로 버스를 타고 어딘가로 떠나던 날이었다고 한다. 누군가가 엄마의 어깨를 툭 치곤 뒤에서 전달받았다며 김밥 한 줄을 건넸다. 의아해하며 버스 뒷좌석을 살피던 엄마는 맨 뒷자리쯤 앉아 있던 아빠의 수줍은 얼굴을 발견했다. 아마 엄마의 얼굴도 아빠의 얼굴도 동시에 붉게 물들지 않았을까 생각하니 괜히 웃음이 새어나온다.

다재다능하고 감수성이 풍부한 부모님은 그만큼 꿈도 많았을 것이다. 하지만 부부로서 인연을 맺고 삼남매가 태어난 이후로 모두 다 가슴속에 묻어야 했으리라. 평범한 가정에서 자식들이 하고 싶은 건 다 해볼 수 있도록 지원해주는 동안 반짝이던 두 분의 청춘은 마치 흑백사진처럼 빛을 잃어갔을 것이다.

나는 부모님의 희생과 사랑에 감사하는 마음을 담아 조만간 멋진 가족사진을 촬영하자 마음먹었다. 제대론 된 가족사진이라곤, 막내가 당시 태어나지 않았을뿐더러 다들 잔뜩 긴장해 굳은 표정에 촌스럽기 짝이 없는 옛날 사진이 유일하기 때문이다. 올해 은퇴, 취업 등 제각기 새로운 출발선에 선 우리 가족을 응원하며, 커다란 액자에 모두의 미소를 담아 오래도록 간직하고 싶다.

결국 마지막에 남을
우리의 사진

남해 진도, 1994
아빠 김종년 엄마 양열자

—

김동영 여행작가

사실 아름다운 이야기는 아니다. 그래도 우리가 누군가와 사는 것, 누군가를 추억하고 사랑하는 것 모두가 '리얼'이니까. 조심스럽게 이야기해보려 한다.

우리 가족에겐 어머니의 사진이 채 열 장이 되지 않는다. 그렇게 오랜 시간을 함께했었어도 말이다.
어머니가 좋게 말해 우주의 일부가 되기 몇 달 전, 어머니는 모든 가족사진에서 본인이 나온 부분을 깔끔하게 도려내셨다. 그날은 쨍한 봄날이었지만 이상하게 우리집에만 해가 들지 않아 어두웠던 오후였다. 난 그 모습을 뿌예진 눈으로 바라보기만 했다. 어머니 옆에는 색이 바랜 사진첩이 몇 권 쌓여 있었고 어머니 손에는 가위가 들려 있었다. 그리고 한쪽에는 어머니가 담긴 사진 일부들이 조각나 널려 있었다. 그건 내가 기억하는 가장 슬픈 풍경이다.
어머니의 행동이 제정신 같지 않았지만 우리 가족은 그걸 말릴 수도 없었다. 그 행동은 이제 자신들의 세상을 만들어 살고 있는 자식들에 대한 걱정에서 벗어나 본인의 인생을 본격적으로 살아가려 할 때쯤 너무 허망하게 지려는 그녀 운명에 대한 마지막 반격이었을 테니까.

대공황 때 끝도 없이 폭락하는 주식처럼 그날을 기점으로 어머니의 건강은 빠르게 악화되었다. 결국 어머니는 호스티스 병동에서 마지막날을 기다리시게 되었다. 그때가 우리 가족사에 기록될 혹독한 고

난의 시간이었다. 아버지나 누나들에게서 전화가 오면 심장이 얼어 붙는 것만 같았다. 당시 가족들에게 오는 전화는 항상 불행만을 전했기 때문이다.
우리가 할 수 있는 일은 아무것도 없었다. 다만 좋은 이별을 하기 위해 마음의 준비를 하는 것뿐이었다. 어머니도 그 기약 없는 기다림에 지치셨고 가족들도 그 시한폭탄 같은 시간을 숨죽이며 지냈다. 처음에는 가족 모두가 함께 어머니 곁을 24시간 지켰지만 몇 달을 그렇게 보내다보니 우리들의 체력도 떨어져 아버지와 누나들과 나는 돌아가면서 어머니 곁을 지키기로 했다. 솔직히 모두가 이 끝을 알고 있었다. 그러나 그걸 입에 담는 가족은 없었다. 그저 무의미한 말들로 서로를 위로하고 격려했을 뿐이다.

어머니는 마지막 고통을 잠시나마 피하기 위해 진통제 주사를 맞고 주무시기만 했다. 그러다보니 잠들어 계시거나 약에 취해 계신 시간이 대부분이었다. 그래도 하루에 몇 번 짧게 눈을 뜨고 우리를 바라보셨다. 내가 어머니를 병실에서 지키고 있던 날, 눈을 뜨신 어머니가 내게 뭔가를 전하고 싶어하셨다. 하지만 어머니의 말은 가쁜 숨에 막혀 알아듣기 어려웠다. 그걸 아셨을까? 어머니는 온 힘을 다해 한 단어를 내게 전하셨다. 그 단어는 '사진'이었다.
'사진'이라는 단어를 가지고 끝도 없이 문장을 만들어 어머니에게 물었다. 어머니는 내가 조합한 말마다 고개를 희미하게 저으셨다. 그러다 "같이 사진 찍자고?"라고 물었을 때 어머니는 보일 듯 말 듯한 미소를 지으셨다. 그제야 어머니가 원하시는 게 무엇인지 알아차리고 휴대폰 카메라로 어머니와 다정하게 사진을 찍었다. 어머니는 만족하셨다. 나는 전화로 그 사실을 아버지와 누나들에게 알렸고 그날 우리들은 돌아가며 어머니와 사진을 찍었다.
어머니가 왜 우리와 사진을 찍고 싶어하셨는지 지금도 알 수는 없지만 마지막 순간에 어머니는 우리의 기억에서 자신의 존재가 잊혀지지 않길 바라셨을 거라 짐작만 해볼 뿐이다.

얼마 후 어머니는 결국 우주의 일부가 되셨다. 어머니의 장례식을 마치고 누나들과 어머니의 짐을 정리하다 성경책과 어머니의 노트 안에서 몇 장의 사진을 찾아냈다.
바람이 세게 부는 바닷가에서 아버지와 어머니가 뻘쭘하게 찍은 사진, 큰누나 대학 졸업식에서 학사모를 쓰고 누나와 함께 찍은 사진, 작은누나가 호주에 살 때 놀러가셔서 오페라하우스 앞에서 선글라스를 쓰고 찍은 사진, 할머니를 뒤에서 껴안고 있는 사진, 그리고 내가 아기였을 때 어머니 품에 안겨 있는 사진.

어머니 인생에서 최고의 순간은 이것들이었던 것 같다. 그렇기에 어머니도 차마 이 사진에서만큼은 그녀를 지울 수가 없었을 것이다. 이 몇 장의 옛 사진과 휴대폰으로 찍은 사진만이 우리 가족이 가진 어머니와 함께한 사진의 전부이다.

하지만 이걸로 충분하다.

우리는 이해하고, 어머니의 행동을 존중하고 사랑한다.

그날 이후로 난 생각한다.

내 인생의 마지막으로 남긴 순간은 어떤 것일지 말이다.

그래도,
수정아

부산 태종대 아쿠아리움, 1991
아빠 정순필　엄마 류수정

—

정진화

"꼴도 보기 싫었지."

그 시절의 아빠를 회상하며 엄마는 말했다. 친구의 소개팅에 구경차 따라갔던 열아홉의 아빠는 그 소개팅녀에게 첫눈에 반했는데 그 소개팅녀가 지금의 우리 엄마다. 그후 아빠는 매일 엄마를 보러 갔고 그런 아빠가 부담스러웠던 엄마는 아빠를 피하기 바빴다. 그러던 추운 겨울날이었다. 한시라도 빨리 엄마를 만나고 싶던 아빠는 바쁜 마음에 장갑도 끼지 않은 채 오토바이를 타고 엄마에게 갔다가 핸들을 잡은 모양 그대로 손이 꽁꽁 얼어 펴지도 못했다. 아빠의 얼어버린 손은 끝내 엄마에게 아빠의 진심을 납득시켰다.

하지만 할아버지는 두 분의 결혼을 반대하셨다. 아빠의 거듭된 설득에도 반대는 그칠 줄을 몰라 할아버지를 매 들게 하고 아빠의 머리를 밀게도 했다. 그럼에도 엄마에 대한 확신에 찼던 아빠는 옷가지를 넣은 가방을 둘러메고서 집을 나왔다. 아버지의 말이라면 고분고분 듣던 아들의 첫 입장 표명이었다.

결국 할아버지는 쌀 한 포대를 어깨에 짊어지고 아빠를 찾아왔다. 그 쌀 한 포대는 포용의 뜻이었다. 엄마와 이 시절을 이야기할 때면 아빠는 "거짓말하지 마라, 이 아줌마야"라며 열아홉의 장난기 가득한 얼굴을 하고선 억울하다는 듯 말했다. 하지만 군 시절 편지지 귀퉁이마다 번호를 매겨가며 매일 편지를 썼던, 아직까지도 엄마를 '수정아' 하고 부르는, 하루도 빠짐없이 엄마의 퇴근길 마중을 나가는 아빠를 보면 이 이야기는 꽤 신빙성이 있다고 생각한다.

마주앙 한 병과
복숭아 통조림

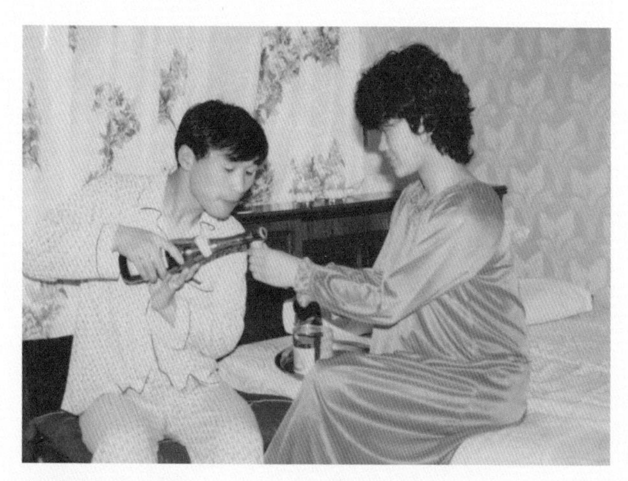

여수 부림호텔, 1984
아빠 김응준　엄마 이은순

—

김아미

●

1984년 4월 23일 월요일 오후 3시. 맑음.

신랑 김응준 신부 이은순, 부부가 되던 날.

귀에 들리지 않는 종소리가 우리 곁으로 스치었다.

그는 포색 양복을 입고, 난 그의 천사인 양 살포시 다가섰다.

눈에 보이지 않는 숨결이 멎어버릴 듯할 때

나의 신랑 내 손을 꼬옥 쥐었다.

●

1984년 4월 26일.

여수 부림호텔에서다.

그는 '마주앙' 한 병과 복숭아 통조림을 사 들고 왔다.

두 개의 초에서 촛농이 녹는 소리를 들으며 마주앉아 한잔했던 게

꼴까닥 취할 줄이야.

취한 아침 일찍 삼일면 중흥사에 들르다.

세상이 빨갛게 보이는데 그래도 지어야 할 미소는 남아 있었는지.

●

모처럼 그는 소년 같다.

양볼 가득 붉은빛이 배는, 그냥 순수한 소년 같다.

●

도망이 아니야.
지금 내가 하는 별들의 언어를 그대 꿈속 깊이 가득 채워두도록 해요.
화날 때 되새김하기 위해.

●

2016년 5월 1일.
엄마는 내일 입원을 해 이틀 후면 큰 수술을 받으신다. 누구도 입 밖으로 불안함을 말하지 않지만 모두 잠들지 못하는 밤. 엄마는 조용히 아빠의 손을 잡았고, 그런 엄마가 잠들 때까지 오롯이 지켜주는 아빠가 있다.
어느 날 엄마가 말했다. 너희를 사랑하지만 그래도 아빠에게만 의지할 수 있다고. 불안할 때면 엄마는 아빠의 숨소리를 찾아 듣는다. 숨소리만 들어도 안심이 된다고 말했다. 나를 세상 끝까지 지켜줄 사람, 나의 남편. 아빠는 최선을 다해 엄마를 지킨다. 아빠가 할 수 있는 요리들은 대개 어릴 적 달에서 만든 밥이라며 날달걀에 밥을 비벼주던 달 밥 정도의 요리였는데 어느새 엄마의 식사를 위해 매일 신선한 재료를 다듬고 끓이고 최선을 다해 식탁을 차린다. 아빠의 사랑은 그렇게 스스로를 변화시킨다.
나는 가끔 부모님이 서로의 곁을 지키는 것이 의무감인지 사랑인지 생각한다. 그러나 사랑의 힘을 내가 함부로 정의 내릴 수 없다는 사실을 이내 깨달았다. 사랑의 힘은 너무나도 크고 견고하고 단단하다. 매일매일 사랑하는 이 나날들이 정말로 기적이구나. 눈을 뜨고 지극히 평범한 매일을 살아가는 것 또한 사랑이 없으면 할 수 없는 일상이라는 것을, 나에게 제일 먼저 사랑을 가르쳐준 두 사람에게 배운다.

●

2016년 11월 6일.
하루종일 비가 내리는 토요일, 아빠와의 데이트. 영화관에서 영화를 보고 오다가 해장국집에 들어가 식사를 하며 도란도란 이런저런 이야기를 하다가 문득 아빠에게 "언제 엄마와 평생을 함께해야겠다는 생각을 했어요?"라고 물었다. 아빠는 수줍게 "그땐 정말 가난했던 시절이었는데 너희 엄마가 샴푸 한 통을 사다놓고 매주 동네 꼬마들을 다 불러다가 머리를 감겨줬어. 그 모습이 얼마나 예뻤는지" 하고 말했다. 엄마처럼 예쁜 마음으로 모든 것들을 바라보라고 말하는 아빠의 눈빛은 사랑으로 물들었다. 아직도 서로를 많이 사랑하는구나, 내가 다 행복했던 오늘.

그날은
잊을 수가 없다

인천 주안동, 1985
아빠 김규석　엄마 궁인순

—

김연지

사진에는 날짜가 없다. 건망증이 심해진 요즘, 어제 한 일에 대한 기억도 맞춰지지 않은 퍼즐처럼 조각조각인데 사진 속 그날의 기억만큼은 너무도 선명하다. 1985년 4월 5일. 이 글을 쓰는 게 2017년 5월이니 저 사진을 찍은 날은 강산도 변한다는 10년이 세 바퀴를 돌았다.
나는 이 사진에 특별히 애착을 느낀다. 그날 남편으로부터 받은 편지 한 장 때문이다. 손글씨가 아닌 타자기로 한 자 한 자 적은, 나름 멋있어 보이려 했던 그 시절 편지이다. 나는 사진 속 카페에서 편지로 남편에게 프러포즈를 받았다. 맑은 얼굴로 수줍게 편지를 전해주던 그의 모습에 나는 6년의 연애를 끝으로 결혼을 약속하게 되었다. 세월이 지난 지금 읽어보면 말도 안 되는 노래 가사가 웃음을 자아내지만 그의 편지는 당시에 어느 보석보다 눈부시게 빛났음을 알기에 그때의 감정을 기억하며 옮겨 적어본다.

세상에서 제일 사랑하는 인순에게 맹세합니다. 그대를 위하여 이 몸이 백골이 되도록 사랑할 것을 맹세할 것임은 물론이며 그대를 위하여 노래를 한 곡조 불러보겠습니다.

사랑은 언제나 오래 참고
사랑은 언제나 온유하며
사랑은 시기하지 않으며
자랑도 교만도 아니하며

사랑은 성내지 아니하며 진리와 함께 영원하리…….

나는 담배를 끊음을 자랑으로 삼으며 이 모든 영광을 그대에게 돌리겠습니다. 더욱 열심히 공부하고 결혼하여 그대를 행복하게 함과 동시에 훌륭한 그대의 사람이 되겠습니다. 청렴하고 검소한 생활을 할 것이며 술도 조금만 먹고 그대를 사랑하기 위하여 더욱더 노력하겠습니다.

1985년 4월 5일
인순을 세상에서 제일 사랑하는 김규석 씀

●

2017년의 궁인순을 대신하여
김연지 씀

달이
돌아올 때까지

아산 현충사 연못, 1983
아빠 강광식 엄마 문오순

—

강혜연 달 출판사 마케터

편지가 닿기까지 보름, 답장이 오기까지 또 보름. 달이 한 바퀴 돌아 다시 오기를 기다리며 엄마는 아빠가 있는 중동으로, 아빠는 엄마가 있는 서울로 편지를 띄웠다. 그렇게 편지로 만나 진심을 확인했고 달빛처럼 빛나게 평생을 같이하자고 약속했다. 한뜻으로 서로에게 좋은 사람이 된다면 그것으로 충분하다고 했다. 그리고 또다시 달을 사이에 둔 두 사람은 함께 새 생명을 기다렸다.

●

그리운 님에게.

읽어보세요. 보내준 편지 잘 받아보았어요. 헤어졌다 다시 만난 듯 너무도 반가워 눈물이 흘렀어요. 써 보낸 몇 마디 위로의 말에 왜 그리 목이 메는지. 오늘도 반복되는 일에 수고 많았지요. 귀국 때는 우리에게 많은 변화가 있을 거예요. 엄마 아빠라는 이름으로. 철없던 당신의 아내도 1년이란 세월에 어른스러워지지 않을까요. 내 모습 생생하게 기억할 수 있어요? 지금의 내 모습 어떨 것 같아요? 배도 불룩하고 몸 전체가 통통해요. 사진으론 별로 표가 안 나는데 실제로는 많이 불룩해요. 지난번에 찍은 것은 필름을 빼다가 실수를 해 다시 찍었어요. 이번 편지는 한 달 하고 열흘 만에 받았고요. 오는 데 보름 걸렸군요. 어떨 땐 둥근 달을 보고, 당신도 저 달을 보고 있을까 생각해요.

추신. 시간 있을 때 우리 태어날 아기 이름 기억하기 좋고, 부르기 좋고, 좋은 이름으로 지어보세요.

●

사랑스러운 아기 엄마 후보에게.

지금 당신의 모습은 어떠한지. 자꾸만 꿈속에서 당신이 보이니 말이오. 당신은 꿈속에서 나를 몇 번이나 보았소? 나는 오십여 차례는 될 것이오. 이곳 바닷가에서 보는 파도가 장관이오. 바다가 성내 파도가 높게 일어 부서지면서 하얀 거품과 녹색으로 아롱질 때 모든 것을 잊어버리고 낭만에 젖어 있다오. 같이 왔으면 좋았을 것을. 오락시간에는 노래를 불러 입상을 했다오. 상품은 보잘것없지만 그래도 기분은 괜찮았다오. 항시 하는 말이지만 몸조리 잘하시오.

추신. 전에 말한 이름자는 '혜연'. 이름은 부르기 좋은 점을 생각해 한글로 먼저 생각했소. 내 생각에 딸 같으니 은혜 혜 예쁠 연, 혜연.

그렇게 두 사람은 혜연 아빠, 혜연 엄마가 되었다. 엄마는 아빠와 떨어져 있어 아기가 아빠를 닮지 않으면 어떡하나 걱정했지만 아기는 아빠를 쏙 빼닮았다. 함께 있기만을 꿈꾼 청춘은 지금도 매일매일 천천히 서로 믿고 기다리는 사랑으로 약속을 지켜가고 있다.

처음
손을 잡아보았다

동해 하조대, 1985
아빠 정연익 엄마 이경원

—

정혜윤

듣고 또 들어도 질리지 않는 이야기가 하나 있다.

"군대 제대하고 할머니 손에 이끌려 억지로 성당에 갔거든. 근데 웬 아담하고 동글동글한 여자가 성당 앞마당에서 종종걸음으로 왔다갔다하는 거야. 귀여웠지. 엄마가 그때 청년부였거든. 아빠가 누구냐, 바로 청년부에 가입했지. 그후에 요즘말로 '썸'을 좀 타다가 하루는 청년부 단체 회식을 갔는데 그때가 딱 시험해볼 타이밍이다 싶더라고. '술 취한 척 몰래 손을 잡아볼까? 내가 싫으면 손을 뿌리치겠지!' 생각하면서 식탁 밑으로 몰래 손을 딱 잡았는데 엄마도 손을 안 놓는 거야. 엄마도 아빠한테 푹 빠져 있었던 거지."
이쯤 되면 자동으로 튀어나오는 엄마의 한마디.
"무슨 말이야. 사람들 다 같이 얘기중이었는데 어떻게 손을 뿌리치겠어? 정말 웃겨!"

엄마가 아빠의 손을 놓지 않았던 이유는 아직도 밝혀지지 않았다. 다만, 언젠가 우연히 발견한 아빠의 일기장에는 그날 아빠가 느꼈던 설렘이 생생하게 기록되어 있었다. 내겐 이날의 추억이 그 무엇보다도 소중하고 감사하다. 아빠가 엄마의 손을 잡아주어서, 그리고 엄마도 아빠의 손을 놓치지 않아서, 나는 세상에서 가장 튼튼하고 따뜻한 울타리 안에서 태어났으니까. 두 분의 넘치는 사랑을 받으며 올곧게 자랄 수 있었으니까.

말없이
햇볕을 가려주던 사람

창녕 부곡하와이, 1992
아빠 신규　엄마 박금랑

—

신예림

아빠와 결혼하기까지 엄마로 하여금 '운명'이라고 느끼게 하는 것들이 있었다. 선보기 하루 전날, 외할아버지가 꿈에서 보았던, 눈썹이 진하고 눈이 커다란 청년이 아빠와 닮았다는 것. 엄마가 일기장에 무의식적으로 그려놓았던 한 남성의 뒷모습이 아빠의 뒷모습과 닮았다는 것. 삶의 흐름과 '운명'에 대하여 믿음이 아주 없지 않은 엄마로서는 충분히 다가왔을 법한 것들이었다.
아빠와의 첫 만남은 썩 좋지 않았다. 엄마는 선보는 날이라 투피스에 뾰족구두를 신고 한껏 멋을 내고 갔건만 아빠가 데리고 간 곳은 산이었다. 높은 바위를 오르며 뒤도 보는 둥 마는 둥 하는 아빠의 리드가 좋았을 리 없었다. 게다가 구두도 거의 망가져 맨발로 가는데도 아빠는 그저 웃기만 했다. 그렇게 운명으로 믿어졌던 얄팍한 호감은 서서히 사라지는 듯했다.

인생에 터닝 포인트가 있듯, 사람과의 만남에도 터닝 포인트는 존재한다. 그렇기에 우리는 사람을 다 안다고 표현하지 말아야 하며 섣불리 아는 척해서도 안 된다. 막 질리다가도 또 새로운 면을 발견하게 될 테니까.
엄마는 아빠가 서른 즈음에 몰았던 르망에 몸을 싣고, 오후 4시쯤 아주 긴 고속도로를 달렸다. 시간이 말을 걸듯, 오렌지빛 햇살이 조수석으로 가득 들어왔다. 순간, 앞만 보고 있던 엄마에게 그림자가 드리워졌고, 무엇인가 싶어 옆을 보았더니 말없이 햇빛가리개를 펼치는 아빠가 있었다. 그리고 둘은 침묵 속에, 지금은 기억조차 나지 않는 목적지를 향해 달렸다고 한다. 그때, 그때였을지도 모른다. 말이 없어도 느껴지는 공기의 분위기가 말해주는 모순이, 어떤 것의 시작이 되고 있었다.

안부 편지

아산 온양온천, 1974
아빠 김응규 엄마 김영자

—

김희정 사진작가

2008년 1월 1일.

희정아! 새해 아침 햇살은 따사롭기도 하구나. 우리 가족들은 잘 지내고 있는데, 타지에서 잘 지내고 있는지 궁금하다.
인생을 살아가는 굽이굽이마다 어려운 일은 너무도 많고 또한 완벽할 수도 없는 법이다. 이때 절망하지 않고 길을 찾아가게 하는 것은 지혜로부터 얻어지는 것이다.
우리 딸 희정이는 잘할 거라 아빠는 믿는다.
건강하고 희망찬 새해 맞이하길 바란다.

2017년 8월 5일.

아빠, 여기는 모스크바예요. 이번에도 걱정 끼칠까 또 거짓말을 하고 이곳에 왔네요.
메일함을 살펴보다 우연히 오래전에 떠났던 긴 여행 때 아빠께 받았던 편지를 읽었습니다. 그때 전 서른을 갓 넘겼었고 매일매일의 삶이 짙은 안개 속을 끝없이 걷는 기분이었어요. 이곳 한국 땅만 떠나면 숨쉴 수 있을 것 같아 무작정 남미, 아프리카로 긴 여행을 떠났습니다. 아빠께는 호주에 있는 친구 집에 머물 거라는 제 생애 가장 큰 거짓말을 하고서요.
떠나던 날 늦가을 아침을 기억합니다. 저에게 건네주시던 흰 봉투에 든 환전한 호주 돈과 출국 전 공항에서 나눴던 마지막 안부 전화.

거짓말하며 떠나는 저를 배웅하며 걱정과 안쓰러움이 가득 묻어 있던 아빠의 모습에 슬픔이 더해졌던 것 같습니다.
여행에 빠져 그 이후로도 여러 번의 여행을 떠났고 이제는 그때처럼 출국이 슬프지 않은, 조금은 마음이 단단한 사람이 된 듯합니다. 오래전이지만 아빠와 나누던 8개월간의 메일은 제 마음속 한켠에 고이 남아 있습니다. 마지막으로 제 생애에서 그 어느 누구에게도 받지 못할 많은 사랑 주셔서 감사하고 사랑합니다.

우연이 모여 만든
운명

서울 한양대학교, 1992
아빠 김순철　엄마 라연오

—

김효진

처음 본 두 사람이 만나 연인이 되고 또 결혼까지 한다는 것은 운명이라고 생각할 수 있습니다. 그러나 운명으로 이어지기까지는 수많은 우연과 선택의 순간을 거쳐야 한다는 것을 잊지 말아야 합니다. 엄마 아빠의 연애 스토리 또한 우연한 만남으로 시작해 서로를 선택하는 용기가 있다면 운명이 될 수 있다는 것을 알려주었습니다.

첫번째 우연은 친구의 갑작스러운 연락으로 시작되었습니다. 아무것도 모른 채 편안한 차림으로 학교 근처 카페로 갔던 아빠와 친구를 따라왔던 엄마의 첫 만남. 그렇게 처음 만난 두 사람은 그날 많은 이야기를 나누지는 못했지만 같은 나이와 같은 고향 그리고 서로를 향한 호감까지, 통하는 것이 많았습니다.
때론 우연을 가장한 노력도 있었습니다. 엄마가 조카와 어린이대공원에 간다는 사실을 알게 된 아빠는 친구들을 꾀어 함께 어린이대공원으로 갔습니다. 그렇게 우연인 척 엄마를 마주친 아빠는 엄마에게 잘 보이기 위해 조카에게 새우깡도 사주고 더운 날 목마도 태워주며 하루종일 공원을 돌아다녔다고 합니다.
그후로도 이어진 수많은 우연과 선택의 기로에서 서로를 선택한 둘은 자연스레 연인이 되었고 봄, 여름, 가을, 겨울 사계절이 여섯 번이나 반복되는 시간을 함께하고 백년가약을 맺었습니다. 이제는 벌써 22년차 부부가 되었고 또 부모가 되었습니다. 처음 만났던 그 설렘은 사라졌을지라도 인생의 굵직한 순간부터 둘만 아는 소소한 순간까지 함께 쌓은 추억들은 모두 사진 속에 고스란히 남아 있습니다.

궁금해,
어떤 기분이었는지

강원도 동해바다, 1991
아빠 이은수　엄마 정원형

—

이지영

사랑하는 나의 엄마 아빠, 그땐 어땠어? 서로의 사랑을 확인한 순간에는 무수히 많은 별들이 쏟아질 정도로 행복했어? 결혼을 약속했던 날엔 어떤 기분이었어?
나는 궁금한 게 너무나 많아. 어려서 그런지도, 어쩌면 당신들의 소중한 딸로 태어나서 그런지도 몰라. 나는 겪어보지 않았던 것들을 모두 겪어본 나의 부모님이기 때문에 정말 많은 것이 궁금해. 직접 물어보기에는 조금 부끄럽기도 했던 것 같아. 그래서 나는 이 글을 빌려 물어보려고 해.

엄마랑 아빠는 바다를 좋아하잖아. 연애 시절에도 바다에 많이 갔더라고. 거의 대부분이 바다였어. 바랜 사진 속 인물들이 서로를 안으며 행복한 미소를 짓고 있었어. 어느새 너무 많은 시간이 지나버린 탓인지 흐릿해져가는 기억들을 사진으로 붙잡을 때마다 엄마 아빠의 심장이 다시 뛰었는지도 모르지. 그때의 연애를 생각하면 잠도 안 오고 설렜을 테니까.
동해바다를 보면서 어떤 소원을 빌었어? 서로 결혼을 빌었어? 사진 속에 들어가서 엄마 아빠에게 물어보고 싶어. 많이 좋아하냐고, 사랑하냐고, 행복하냐고. 그래서 나는 대신 지금 물어보려고 해.

엄마 그리고 아빠. 아직도 많이 좋아하고, 서로 사랑하고, 여전히 행복해?

좋아하는 것과 함께 따라오는 그 밖의 여러 이유들

경주 불국사, 1983
아빠 이재봉 엄마 권은덕

—

이희숙 달 출판사 편집자

좋아하는 일에는 왜 이유를 같이 생각하게 될까. 무언가 좋아졌다는 걸 깨닫는 순간, 습관처럼 그 아래에 좋아하는 이유를 줄 세우기 시작한다. 그렇게 하나로 묶인 몇 가지 중 하나가 계절이다. 나는 가을과 겨울을 좋아한다. 벚꽃이 피어나고 아카시아와 라일락의 향을 구분하기 시작하는 봄은 충분히 아름답지만, 환한 것들이 일찍 저물고 코끝이 시려지는 가을이 오면, 우리 가족에게는 개인적인 시간이 시작되기 때문이다. 관계에 집중하는 시간, 서로 머리를 맞대는 시간이다.
여름 막냇동생의 생일을 시작으로 음력이라 8월과 9월 사이에 걸친 아빠의 생일이 지나고 나면 언니와 내 생일이 있고, 역시 음력이라 가을과 겨울 사이의 엄마 생일을 지나, 새 달력을 꺼내면 새해 첫날 바로 다음날, 1월 2일은 부모님의 결혼기념일이다. 그래서인지 가을이 시작되면 여러 복작한 소식들로 한 해가 급속도로 꺾이기 시작한다. 나는 이렇게 흘러가는 하반기를 좋아한다. 더 자주 보고 더 많이 연락하고 더 애틋해져서 깊이 사랑하는 계절.

언젠가 엄마는, 왠지 여행과는 인연이 없는 것 같다고 했다. 아직 난 설악산 흔들바위도 못 가봤어. 그럼에도 매년 새해 해돋이는 꼭 함께 보러 갔던 우리 가족. 어릴 적, 연말 시상식이 끝나고 티브이를 통해 제야의 종소리를 듣고 선잠을 잤다가 어두컴컴한 밤길을 달려 영덕으로 포항으로 일출암으로 해를 보러 갔던 기억. 운전을 하는 아빠와 조수석의 엄마 그리고 뒷좌석의 자리 세 개는 우리 삼남매를 위한 것이었다. 우리는 유행가 가사를 흥얼거리다 까무룩 졸았고, 어스름이 느껴지면 가물거리는 눈을 치켜뜨고 떠오르는 해를 봤다. 매해 같은 해였지만 그땐 그게 당연한 일인 줄 알았다. 해돋이를 보지 않고 그 해를 시작하면 큰일이 나는 줄 알았다. 그다음날 해가 뜨면 엄마 아빠 결혼기념일이었는데, 왜인지 그건 모르는 일처럼 여겼다. 시간이 지나고 넉넉했던 뒷자리의 삼 인석을 불편하게 앉아야 하는 지금에서야 깨닫는다. 우리 가족의 첫 페이지는, 새해의 첫날이 아니라 바로 그다음날 해가 뜨기 시작했을 때부터라는 걸. 겨울 코트를 입은 채 경주를 거니는 나보다 어린 나이의 엄마와 아빠의 사진을 보고서야 더욱 알게 되었다.

엄마 아빠, 34년 전 경주는 어땠어? 거긴 아주 오랜 기억을 품고 있는 곳이니까, 두 사람의 34년 전의 기억 한 조각은 그 도시에게 아주 작고 작은 것일지도 몰라. 그렇지만 그 순간 이후 우리 가족에게 경주는 이 사진 한 장이 시작이고 전부야. 가족의 탄생은 천년의 역사가 아주 사소해져버리는 대단한 사건이니까. 우리의 모든 게 이곳에서 시작되었잖아. 그때는 겨울이니까 아주 추웠을 테고 그러니까 코트 깃을 여미고 어깨를 맞대며 서로 온기를 나누었을 거야. 엄마는 손이 차니까 아빠가 따뜻하게 잡아주었겠지? 차가운 것은 따뜻한 쪽으로 따뜻한 것은 차가운 쪽으로, 그렇게 흐른 온도가 적당해진 순간이 있었어?

사진 속 그날 감정은 그저 가늠할 뿐이라, 나는 그때 일을 좀더 자세히 알고 싶어서 두 분에게 가끔 가만히 물어보곤 한다. 우리 삼남매가 저멀리 미래에서 오고 있다는 걸 모르던 시절의 엄마와 아빠. 희숙아, 엄마에게 와줘서 고마워. 어느 생일날 엄마가 보내준 문자 메시지는 아직도 꺼내보곤 한다. 그 말은 엄마가 아니라 내가 엄마 아빠에게 해야 할 말이라는 걸, 알면서도 이유를 고르느라 전하지 못했던 진짜 마음속 말들. 생각해보면 그건, 생각할 것도 없이 자연스레 하나로 따라오는 것이었다. 좋아하는 것과 그 밖의 여러 이유들. 세상 속의 나는 홀로 있는 것 같아 사무치게 외로워지는 순간이 있었다. 그때 가족 안에 내가 있다고 생각하면 모든 어수선한 생각들을 덮어두고 평온해질 수 있었다. 그건 아마 엄마와 아빠가 처음을 시작한 그날 나눈 적당한 온도가 아직도 유지되고 있기 때문이 아닐까. 성큼성큼 걸어온 두 사람의 시간과 그들이 제자리를 지켜온 울타리 안에서 깊은 잠 자는 우리들. 그래서 어두운 하루가 와도 나는 언제나 환한 데에 있다. 그렇게 믿고 있다.

여보,
그냥 앉아요

서울 종로3가 사진관, 1956
아빠 양태식　엄마 김종단

—

양성자

소식이 없다. 변변치 못한 살림살이에 홀어머니, 형제가 넷이라는 악조건 때문에 번번이 퇴짜 맞기 일쑤였지만 어쩐지 이번에는 잘될 것 같은 기분이 들었다. 선보기 전날, 돌아가신 아버지가 꿈에 보였다. 맞선 상대도 심성이 착해 보였고 그녀 또한 형제가 많다고 했기에 집안 사정을 이해해주리라 기대했었다. 어머니는 지금까지 연락 없는 것 보면 그쪽에서 마음에 없다는 뜻이니 다른 선 자리를 알아보자 했다. 이번만큼은 그냥 물러나기 싫었다. 용기를 내어 다시 서울로 올라가 그녀를 만났다.

몸도 약한데 대구까지 시집가서 잘 견뎌낼 수 있겠냐며 그녀의 부모님께서 반대한다는 말을 전해왔다. 충분히 이해한다면서도 마음이 아팠다. 열차표 시간이 남아 부담 없이 영화나 보자고 했고 둘은 영화관에 들어갔다. 자리를 잡고 앉았는데 뒷자리에 있던 남자가 그녀에게 슬쩍 수작을 부리는 것이었다. 가뜩이나 마음도 심란한데 화가 나서 벌떡 일어나 소리쳤다.

"이 사람이 정신이 있나 없나, 왜 남의 마누라에게 수작을 부려. 죽고 싶어?"

건장한 그 남자를 향해 속사포처럼 쏘아붙이며 두 주먹을 불끈 쥐고 곧 달려들 기세였다. 당황한 그녀는 재빨리 말했다.

"여보, 모르고 그런 것 같은데 그냥 앉아요."

모든 일은 순식간에 일어났고 영화를 어떻게 봤는지도 모르게 시간은 흘렀다.

그 일이 있은 후 네번째 만남에서 약혼사진을 찍었고 얼마 지나지 않아 결혼을 했다. 다섯 남매를 낳고 팔십 평생을 함께 살면서 때때로 말다툼을 한다.

그때 본 영화를 어머니는 〈바람과 함께 사라지다〉로 기억하시고, 아버지는 이예춘 주연의 〈심정〉이라 기억하신다.

부모의 강요로 다른 남자와 결혼하여 불행한 생활을 하던 중 옛 애인이 나타나 여자에게 한 번만 만나줄 것을 간청한다. 이미 결혼한 여자의 몸이기에 만날 것을 거절했지만 결국 남편 몰래 그를 만나게 된다. 그 현장을 목격한 남편이 옛 애인을 때리고 그녀는 남편을 막아서며 말렸고 결국 옛 애인은 쓸쓸히 돌아간다는 영화의 내용까지 잊지 않고 기억하는 걸 보면 아무래도 아버지 말이 옳은 것 같다.

그때
엄마의 하늘

서울 종로 허바허바 사진관, 1975
아빠 백운봉　엄마 김계열

—

백영옥 소설가

엄마가 나를 낳은 건 스물두 살이었다. 내 입장에서 조금 더 실감나게 말하면, 대학교 3학년 때였다. 엄마에게 화가 나다가도, 이런 식으로 역산하면 뭉클해진다. 도대체 그토록 어린 엄마는 나를 무슨 정신으로 키운 걸까.

커피광이었던 엄마는 임신했을 동안 커피를 한 모금도 마시지 않았다. 모성이 본능을 이겼으니 위대한 일 아닌가. 엄마는 내게 늘 이 얘길 반복하며 '효도'를 강조했다.

"눈이 너무 부셔서 말자가 선물한 선글라스를 끼고 하늘을 봤는데, 하늘이 딱 밀크커피 색깔이더라고."

모유 수유중이었지만 선글라스를 끼고 본 하늘이 딱 밀크커피색이라 엄마는 커피를 마셨다. 말자 이모가 선물한 선글라스 렌즈 색깔 때문이었다. 엄마는 아빠와 데이트할 때 얼굴의 절반 이상을 가리는 선글라스를 자주 썼다. 나팔바지에 선글라스의 시골 처녀가 서울에 올라와 일을 하던 시골 남자를 만나 무슨 데이트를 했을까 싶어 물어보면, 숫제 가락까지 붙은 엄마의 이야기는 끝없이 이어졌다.

"덕수궁 길 걸었지 뭐. 니네 아빠가 감자탕 사줬는데 맛있었어. 뼈째 들고 먹는데도 이쁘다고 말하더라. 남산에 그렇게 가보고 싶었는데 한 번도 못 갔지 뭐야."

선글라스를 낀 엄마는 꼭 간첩처럼 보였다. (엄마 미안!) 뭐랄까, 꼭 선글라스를 거꾸로 쓴 것 같은 느낌이랄까. 1970년대에 이런 아방가

르드한 디자인이 나왔으니 역시 크리스찬 디올이 아닌가.

"나 줘! 안 어울려!"

언젠가 실연당한 사람들이 일요일 아침 7시에 만나 밥을 먹는 엽편을 쓴 적이 있다. 소설에서 주인공은 신발을 바꿔 신는다. 우연히 같은 사이즈, 같은 디자인의 신발을 신은 사람이 그 장소에 있었던 것이다. 타인의 운동화를 신은 그는 그날따라 자신이 내려야 할 곳이 아니라, 이태원의 엉뚱한 장소에 내린다. 그는 낯선 길을 걷는데, 기이하게도 익숙한 슬픔에 젖는다. 걷다 말고 막 울어버린다. 신발이 마술이라도 부린 걸까. 어쨌든 이 소설은 운동화로 유명한 N사에서 청탁받아 쓴 글이었다.

나는 엄마에게 어울리지 않는다는 이유로 이모가 몇 달치 월급을 모아 선물했다는 디올의 선글라스를 빼앗았다. 늘 효도를 강요하는 엄마니 별로 찔리지 않았다. (엄마 미안!) 하지만 그 선글라스를 끼고 사물을 보면 낯설고 뭉클해지는 기분이다. 엄마와 아빠의 연애 시절이, 덕수궁, 남산이 오래된 한국 방화처럼 상연되는 것이다. 그 선글라스를 끼고 하늘을 보면 어린 엄마와 아빠가 나를 막 낳고 바라보던 1974년의 하늘을 엿본 기분이 든다. 그때의 하늘이 딱 밀크커피 색깔이었단 엄마의 말이 떠올라, 자꾸 다방커피가 마시고 싶어지는 것이다.

오래 보고 싶었어

강릉 정동진, 1997
아빠 전원규　엄마 김형경

—

전성현

때는 1995년, 삼풍백화점에서 아르바이트를 마친 엄마는 친구의 손에 이끌려 호프집에 갔다가 아빠를 만나게 되었다. 아빠는 엄마가 마음에 들었는지 같이 영화를 보자며 마음을 표현했다. 그때 아빠는 군복무중이었다고 한다.

1996년 아빠가 제대를 한 겨울, 아빠는 유명한 요리학교에서 공부하기 위해 프랑스로 유학을 떠났다. 아빠가 너무 보고 싶었던 엄마는 열심히 아르바이트를 해 프랑스에 가게 된다.

프랑스로 향하던 그 비행이 엄마의 첫 비행이었다고 한다. 당시는 지금과 같이 필요할 때에 연락을 바로바로 할 수 있는 시대가 아니었다. 더군다나 해외에서는 말이다. 엄마는 직항보다 저렴했던 스위스 경유 비행기를 타게 되었는데, 취리히 공항에서 탑승했던 비행기에 문제가 생겼고 결국 비행은 하염없이 지연되고 만다.

이런 엄마의 상황을 알 턱이 없었던 아빠는 대중교통이 모두 끊긴 늦은 새벽까지 매우 긴 시간 엄마를 기다렸다. 불어도 모르고 해외여행도 처음인 엄마를 아빠가 오래도록 공항에서 기다리지 않았다면 아마 엄마는 국제 미아가 되었을지도 모른다.

낯선 곳에서 무서웠을 스물세 살의 엄마와 무슨 일이 생긴 것은 아닌지 마음 졸였을 스물세 살 아빠의 모습을 상상하니 아련하고 애틋해진다. 엄마와 아빠가 유럽에서 함께 보낸 한 달이 아마 두 분 모두에게 가장 빛나던 청춘이 아니었을까 싶다.

누구에게나 찾아오는 청춘. 나의 부모님의 청춘은 그 누구의 청춘보다도 아름다웠고, 행복했다.

우리
오리 배 탈래?

용인 자연농원, 1990
아빠 박영수　엄마 이순영

—

박혜진

강원도 남자와 경상도 여자가 만났다. 첫 만남은 아주 우연히 시작되었다. 하지만 그때 두 사람은 훗날 자신들이 한 명의 강원도 여자와 한명의 강원도 남자를 낳게 될 것이라고는 상상조차 하지 못했다. 경상도 여자에게 강원도 남자는 그저 자신의 사무실에 놀러오는, 사투리를 쓰지 않는 남자일 뿐이었다.

고향을 떠나 낯선 경주 땅에서 일하고 있던 강원도 남자에겐 경상도 여자의 미소와 정감 있는 사투리가 참 따뜻하게 느껴졌다. 강원도 남자는 경상도 여자에게 데이트 신청을 했다. 둘은 경주의 보문단지에서 오리 배를 탔다. 힘차게 달린 오리 배는 선착장에서 멀어졌다. 오리 배에서 내려야 할 시간이 다가오자 남자는 선착장 가까이에 가기 위해 노력했다. 무슨 일인지 선착장에 다가가려는 마음이 클수록 오리 배는 선착장과 점점 멀어졌다. 선착장에선 남자와 여자를 향해 연신 호루라기를 불었다.

시간이 흘러 강원도 남자와 경상도 여자는 부부가 되었고, 장점은 물론 단점까지도 쏙 빼닮은 남매를 길러냈다.

휴가를 떠나던 길, 아이들이 말했다.

"우리 오리 배 탈래?"

그제야 경상도 여자는 기억 속에 묻혀 있던 한 조각을 꺼냈다.

"엄마 아빠가 데이트할 때였는데……"

곁을
지킨다는 것

부산 태종대 휴게소, 1983
아빠 한영영　엄마 주미자

—

한진아

상상했던 결혼의 모습과는 달랐습니다. 연애결혼이 왕왕 있던 시절인데 엄마는 맞선을 보고 데이트 몇 번 안 해본 남자와 식을 올렸답니다. 그런 절차를 운명이라 생각할 만큼 순수한 시골 처녀였어요.
아빠는 엄마가 원래 선을 보려던 남자가 아니었습니다. 외할머니가 점집을 찾아갔던 날, 점쟁이는 엄마와 선을 보려던 그 남자는 아니라며 퇴짜를 놓았습니다. 대신 괜찮은 남자를 소개해주겠다 했답니다. 엄마의 남자는 그날로 운명처럼 바뀌었습니다. 부잣집 딸이던 엄마와 형편이 좋지 않던 아빠는 그렇게 만났습니다. 점쟁이는 아빠의 당숙이었다나 뭐라나. 그분이 돌아가시기 전에 엄마에게 미안하다는 말을 남기셨답니다. 너무 어린 나이에 아버지를 떠나보낸 조카가 안쓰러웠다고 했다던 것 같아요.
맞선으로 결혼한 두 분의 신혼여행은 뻣뻣하기 그지없어 보입니다. 젓가락처럼 나란히. 다정함과 꽤 거리가 멀어 보입니다. 신혼여행 전까지 기껏해야 데이트 서너 번이 전부였다니 당연히 그랬겠지요. 1983년 5월, 부산의 태종대 근방을 하염없이 걸었던 두 사람. 무뚝뚝한 엄마와 아빠가 어땠을지는 안 봐도 비디오예요. 신혼여행 사진이 뭐 이렇게 목석 같으냐는 물음에 엄마가 들려준 이야기입니다.
겉으로는 구닥다리 같다고 했지만 저는 알았습니다. 고작 데이트 몇 번 만에 평생을 약속한 두 사람이 서른다섯 해가 넘도록 서로의 곁을 지키고 있다는 것이, 어떤 의미인지를요. 두 분의 사랑은 참 젓가락 같다고 생각합니다. 둘인 게 당연하고 가지런해서 화려하지 않아도 아름다운. 저도 사는 동안 그런 사랑, 해봐야겠지요.

비밀 결혼

제주도 중앙예식장, 1971
아빠 양한수　엄마 이갑순

—

양혜영

우리 엄마와 아빠는 비밀 결혼을 했다. 로미오와 줄리엣처럼 집안 반대가 심했냐고? 그건 아니다. 혹시 유명인이냐고? 그건 더더욱 아니다. 아빠는 스물여섯이 되도록 장가를 가지 못한 집안의 우환덩어리였고, 엄마는 가난한 집안의 구남매 중 장녀였다. 외가에서는 한 입이라도 줄이고 싶어 엄마를 되도록 빨리 시집보내려 했다.
그럼 왜 비밀 결혼을 했냐고? 그때 우리 엄마는 꽃다운 열여덟이었다. 가난 때문에 여고 진학을 포기하고 작은 공장에 다녔다. 책 영업을 하는 아빠가 여공들이 사는 하숙집을 드나들다 엄마와 마주쳤다. 아빠는 엄마를 보자마자 첫눈에 반했고, 그때까지 연애는커녕 남자와 데이트 한번 해본 적 없던 엄마는 아빠의 적극적인 공세에 넘어갔다. 그렇게 만난 지 3개월 만에 결혼을 진행했다.
그런데, 결혼 전날이 되자 엄마는 갑자기 식장에 가지 않겠다고 울었다. 아빠가 아무리 달래도 요지부동이었다. 지친 아빠가 같이 죽어버리자고 했을 때, 그제야 엄마가 눈물을 닦으며 이름과 나이를 바꿔달라고 했다. 아빠는 잠시 멍했지만, 엄마가 무슨 말을 하는지 알아들었다. 엄마는 자신이 미성년인 것이 마음 쓰였고, 어릴 때부터 놀림받은 이름을 식장에 걸고 싶지 않았던 것이다.

1971년 12월 3일, 엄마는 열여덟 살 이갑순을 버리고 스무 살 이옥자양으로 당당하게 식장에 들어갔다. 그리고 정확히 10개월 뒤 내가 태어났다.

두 분의 성격은 아주 상반되고 외모와 습관도 많이 다르다. 아빠는 술만 마시면 엄마에게 사랑한다 얘기하지만, 엄마는 농담으로라도 사랑한다는 말을 한 적이 없다. 내가 가끔 엄마에게 연애 한번 못하고 결혼한 걸 후회하지 않느냐고 추궁해도 그저 웃기만 한다. 참 이해 안 되는 사랑이라 생각했는데, 칠순에 들어선 두 분이 일일드라마를 보며 티격태격하는 것을 보고 있노라면 굳이 말하지 않아도 천천히 흐르는 듯 닮아가는 게 사랑이란 걸 이제는 알 것 같다.

그들은 에덴동산에서
염소와 함께 살았다

논산 연무읍 동산리 에덴보육원, 1965
아빠 나평강　엄마 김초자

—

나희덕 시인

신랑 나평강씨와 신부 김초자씨의 신혼 시절 사진이다. 나평강씨는 평안도 용강 출신이고, 김초자씨는 전라도 전주 출신이다. 남남북녀가 아니라 남녀북남 부부인 셈이다. 1960년대 한 신앙공동체에서 만난 두 사람이 결혼 후 처음 정착한 곳은 누구의 고향도 아닌 충남 논산에 있는 에덴보육원이었다. 아내는 보육원 총무로서 부모 잃은 아이들을 돌보고, 남편은 텃밭을 일구거나 닭들을 키우면서 짬짬이 글을 썼다. 두 사람의 수줍은 미소와 순한 눈매, 소박한 옷차림에는 아직도 종교적 청빈과 이상향에 대한 동경이 오롯이 남아 있는 듯하다.

객지에 신혼살림을 차린 이 가난한 부부에게 한 친척이 약간의 목돈을 주었다 한다. 신랑은 궁리 끝에 그 돈으로 염소 한 마리를 사왔다. 임신 초기에 입덧이 심한 아내에게 염소젖이라도 짜 먹여서 영양을 보충해주려는 생각에서였다. 흑염소도 아니고 흰 염소도 아니고 머리와 옆구리에 흰 얼룩무늬가 있는 염소였다.

'동산리'라는 마을 이름처럼 보육원 바로 앞에는 작은 동산이 있었다. 아이들은 온종일 동산에서 뛰어놀았고, 부부는 저녁이면 염소를 데리고 산책을 나왔다. 동산에는 풀이 무성해 염소의 먹이는 충분했다. 염소가 풀을 뜯는 동안 두 사람은 그 앞에 앉아 도란도란 어떤 이야기를 나누었을까.

두 사람 뒤로는 보육원 담장과 몇 채의 건물이 보인다. 멀리 또는 가까이 앉아 있거나 걸어다니는 아이들이 보인다. 자세히 보니, 사진

왼쪽 끝에는 허공을 향해 내딛는 여자아이의 발도 보인다. 아마 이 사진의 프레임 밖에는 더 많은 아이들과 나무들이 있을 것이다. 어머니의 배 속에는 내가 태아의 모습으로 들어 있었을 것이다. 백 명 가까운 전쟁고아들을 돌보며 그녀는 자신의 아기를 잉태하고 있었다. 그 아기는 1966년 2월 에덴동산에서 태어나 모유를 뗀 후에는 이 얼룩염소의 젖을 먹으며 자랐다.

하얀 목련,
그때도 봄이었구나

순천, 1988
아빠 정낙민　엄마 정순옥

—

정희아

우민씨, 창문 밖으로 보이는 하늘이 구름 한 점 없이 파란 얼굴을 하고 있어요. 그 사이로 불어오는 바람 끝자락에 신선함이 묻어나는 것 같아요. 가을을 품은……. 지금쯤 회사일로 정신없이 바쁘겠죠? 오늘은 우민씨에게 아빠 엄마 이야기를 들려줄게요.

우민씨와의 만남이 두 번의 여름을 맞는 동안 우리 부모님을 직접 뵌 적은 없지만 내가 한 이야기를 통해서 어느 정도는 알고 있으리라 생각해요. 오늘은 두 분이 젊었을 때의 모습, 그러니까 지금 우리와 비슷한 때의 이야기라 내 마음도 반짝이는 것 같아요.

엄마가 아빠를 처음 만났던 때는 겨울 끝, 막 새순이 돋아나는 초봄이었다고 해요. 젊음 하나만으로도 가진 것은 없어도 마냥 즐거웠던 그때, 아빠를 만나는 일이 엄마에게는 전부가 되어버렸다는군요. 한 시간이고 두 시간이고 마냥 기다리면서도 아빠가 엄마 손을 꼭 잡아주면 기다리느라 지루했던 시간들은 모두 잊어버리곤 했었대요.

"그렇게 5년 넘게 아빠를 만나면서 결혼하기까지 정말 힘든 시간도 많았어. 유난히 어머님께 효자 노릇을 하던 아빠는 며느릿감으로 나를 반대하시던 어머님께 아무 말도 하지 못했고, 그런 아빠를 보며 원망도 많이 했었단다. 결국 나 혼자 어머님께 찾아가 차가운 대리석 바닥에 무릎을 꿇고, 눈길 한번 주시지 않는 어머님께 잘못했다는 말을 수없이 되풀이해야 했지. 다리가 저려서 휘청거리며 집을 나서는데 마당에는 하얀 목련이 피어 있었어. 그때도 봄이었구나. 눈부시게 하얀 목련을 보며 울기도 참 많이 울었었는데……."

엄마 말씀을 들으며 나도 모르게 엄마 손을 살짝 잡았어요. 그렇게 꿈에 그리던 하얀 드레스를 입고 예식장에 들어설 때도 예식장 화단에는 개나리, 진달래 같은 꽃이 활짝 피어 있던 4월이었대요. 멀리서 보아도 한눈에 알아볼 수 있는 목련이 하얗게 피어 있었고요.

우민씨, 아빠 엄마의 젊었을 적 사진을 마주하고 보니 가슴 한구석이 아릿해져왔어요. 그후로 지금까지 언니와 나를 낳아 키우면서 하루하루 돌아오는 날이 숨가쁘고, 툭하면 어슴푸레 밝아오는 새벽을 맞이해야 했던, 힘들고 어려웠던 시간들을 버틸 수 있었던 것도 모두 곁에서 지켜주는 아빠가 있었기 때문이라고 해요. 세월을 속일 수 없는 것처럼 새치가 하나둘 늘어가는 아빠를 보면 엄마는 한줄기 서늘한 바람이 가슴을 스치고 지나간다고 해요.

"엄마는 아빠랑 남은 세월 동안 서로 든든한 곁이 되어주면 좋겠어. 그냥, 그렇게……."

파르르 떨리는 엄마의 목소리에 다시 또 가슴이 아릿해지고, 사진 속의 젊음 대신 삶의 너울만큼의 잔주름이 자리잡은 엄마의 희미한 웃음에 눈앞이 뿌옇게 흐려지고 코끝이 싸아 해졌어요. 그리고 깨닫게 됩니다. 아빠 엄마의 젊음과 청춘은 사라진 것이 아니라 지금의 나에게 선물로 주어졌다는 것을, 두 분의 사랑은 변함없이 서로의 가슴을 가득 채우고 있다는 것을, 두 분의 삶은 그 누구보다 훌륭했다는 것을.

우민씨, 기억나요? 내가 아빠 엄마의 좋은 점을 닮지 않았다고 투덜

대던 모습. 엄마의 크고 쌍꺼풀진 눈 대신 아빠의 밋밋한 눈을, 엄마의 높은 콧대 대신 아빠의 뭉툭한 코를, 놀라울 만큼 좋은 엄마의 피부 대신 아빠의 기름진 피부를, 아빠의 보기 좋은 귀 대신 엄마의 조막만한 귀를 닮았잖아요. 그런데 지금 생각해보니 좋은 점을 더 많이 닮았다는 것을 알게 되었어요. 아빠의 완벽함에 엄마의 단순함을, 아빠의 친화력에 엄마의 정직함을, 거기에 자신보다 남을 먼저 생각하는 마음까지. 그러고 보면 우민씨가 좋아하는 내 모습이 바로 두 분의 모습이랍니다.

그 모습 그대로, 그 사랑 그대로 함께할 수 있기를. 두 분의 빛나는 젊음을, 찬란한 사랑을 가슴에 품고.

속은 게
한두 가지가 아니야

제주도 민속촌, 1988
아빠 남광현　엄마 최재란

—

남윤아

노총각 아들이 장가를 못 가 속상해하던 한 엄마는 점을 보러 간다. 점쟁이는 남자의 생년월일을 받아들고 심각한 표정으로 한자를 몇 자 적어내더니 말한다.

"서른 넘으면 좋은 여자가 들어올 거여!"

남자가 서른이 되고 열한번째 선을 보던 날, 눈웃음이 예쁜 여인이 심장에 훅 달라붙는다. 그 여인이 나의 엄마다.

엄마는 가끔 나에게 아빠와 처음 만났던 때 이야기를 해주신다. 선을 보던 날, 아빠가 어머니, 아버지, 할머니, 맏동서, 고모할머니까지 다 끌고 나와 다방에 앉아 있던 모습은 지금 생각해도 우습다고 했다.

"이 사람이랑 평생 살 거라고 생각하니까, 아닌 거야. 나이도 많고, 숫기도 없고. 두 번 만나고 와서는 만나고 싶지 않다고 말했지."

만나지 않겠다고 통보하고 온 날 밤, 엄마는 자려고 누워 엉엉 울었다. 자신이 결혼해주지 않으면 이 남자가 영영 혼자 살 것 같아 불쌍했다고. 자다가 깨, 왜 우냐고 묻는 삼촌에게 엄마는 말했다.

"나, 그 대구 사람 그냥 만날래."

"그렇게 만나서 결혼했더니 속은 게 한두 가지가 아닌 거야. 네 아빠가 작업 멘트를 어떻게 날렸는지 아니? '아파트가 좋아요, 단독주택이 좋아요?' 그러더라. 그럼 둘 중 하나는 사줄 것 같잖아. 키는 170이라고 하더니, 결혼하고 재보니까 169였고. 고등학교는 나왔다더니 고등학교 중퇴더라고. 내가 사기당한 게 한두 가지가 아니야!"

엄마는 이 말을 마치고 아빠에게 전화를 걸었다. 그리고 자신이 딸에게 본인들의 러브스토리를 어떻게 이야기했는지 아느냐며 깔깔깔 웃었다. 30년을 같이 살았어도 엄마의 수다 상대는 늘 아빠였다. 아빠와 통화하는 엄마는 여전히 예쁜 눈웃음을 짓고 있었다.

나의 우주

서울 남산타워 전망대, 1988
아빠 김을섭 엄마 이효주

—

김선례

엄마는 깔끔하셨다. 우리집은 계절과 상관없이 겨울에도 하루에도 몇 번씩 온갖 창문을 열어 집 안을 환기시켰는데, 안방 창문은 항상 열어두었다. 지금도 여전히 우리는 안방 창문을 열어둔다. 나는 안방 침대에 눕는 걸 좋아하는데, 그 차가운 이불에 등을 가져다대면 마음이 편안해지곤 한다. 그리고 이 집 어딘가에 엄마가 그대로 있는 것 같다.

"우리 안방 침대에 걸어둔 사진, 엄마 아빠 결혼식이었지?"
갑작스러운 나의 전화에 아빠는 말끝에 웃음이 살짝 묻어 있는 목소리로 말했다. 아빠가 쑥스러울 때 드러나는 그 말투로 말이다.
"지금 한남대교 있잖아. 거기를 예전에는 제3한강교라고 했는데, 거기 지나서 좌회전해서 100미터 가면 보이는 호텔이 있어. 영동호텔이라고. 아빠랑 엄마가 거기서 결혼했잖아. 결혼식 끝나고 친구들이랑 남산타워 전망대 놀러가서 찍은 사진이야. 네 엄마가 옷을 참 잘 입어서 지금 봐도 촌스럽지가 않지? 센스가 있었다고. 참 예쁘지?"
수화기를 넘어오는 아빠의 마음에 나는 목 안쪽이 무거워져 "그러게, 참 예쁘네" 그 말 이외에 아무런 말도 찾지 못한 채 검지 손톱으로 미지근해진 침대보만 톡톡 튕기다 통화를 마쳤다.

1988년 11월 6일, 하늘에 드넓은 바다가 펼쳐졌던 그날. 두 사람은 결혼을 했고, 두 살 터울의 딸과 아들을 낳았다. 그렇게 스물일곱 해의 가을을 함께 지냈다. 그리고 언제고 내 곁에 머무르실 줄 알았다. 우리가 함께할 날들이 앞으로 백만 년쯤은 된다고 생각했다. 이렇게 갑작스레 함께할 수 없는 일들이 많아져버릴 것이라고는 상상조차 하지 못했다. 그 시절 더 많은 이야기를 듣고, 매 순간 사랑한다고 말했어야 했다. 그뿐이다. 나의 우주, 사랑하는 나의 부모님.

어찌해도
사랑인 이야기

부산, 1980
아빠 양재달　엄마 석광애

—

양양 뮤지션

내가 '엄마'로만 불렀던 우리 엄마. 엄마는 처녀 시절에 미니스커트를 입고 뾰족구두를 신고 또각또각 각선미를 뽐내며 뭇 총각들의 시선을 한몸에 받았다고 했지.
내가 '아빠'로만 보았던 우리 아빠. 아빠는 무뚝뚝했지만 오히려 그것이 묵직한 남성미가 되어 엄마에게 선택받은 남자가 되었다고 했지.
엄마와 아빠는 팝콘을 사서 극장에도 갔을 테고, 도시락 바구니를 챙겨 용두산 공원에도 올랐을 테고, 어떤 날 아빠는 토라진 엄마를 달래주기 위해 레코드점에 가서 엄마가 좋아하는 비틀스 앨범을 사기도 했겠지. 무심한 척 건네면 엄마의 화는 수줍게 누그러졌겠지.
어느 어둔 골목의 가로등 아래서 서로를 바라보고 있는데도 자꾸만 보고 싶어 잡은 손을 놓지 못하고 더 세게 움켜쥐던 밤, 그러다 그 손을 평생 잡고 가기로 약속하던 날, 엄마는 가슴이 벅차올라 조금 울었을까. 아빠의 무뚝뚝한 마음에도 바람이 파르르 불었을까. '광애씨'와 '재달씨'가 '여보'가 되었을 때, 여보는 너무 일상적인 말이어서, 너무 평온한 온도여서 다시 광애씨로, 다시 재달씨로 돌아가고 싶기도 했을까.
뜨거운 것은 사그라들게 마련이지. 한순간 차가운 바람이 불어와 '아, 가을이구나' 할 때 우리가 느끼는 찰나의 스산함처럼 사랑은 단박에 '가족'이라는 이름으로 덮어씌워졌지만, 그렇다고 사랑이 다 지나간 이야기는 아니지. 단풍나무 여물듯이 두 사람이 익어갈 때 그 사이에 빨갛게, 내가 있었으니까. 그래서 어쩌해도 사랑인 한 장의 사진 이야기.

지나온 시절이
새삼 그리워

서울 남산, 1979
아빠 방홍환　엄마 김영화

—

다경린

여보 마누라. 내 말투가 너무 노인 같아서 놀랐지? 나는 지금 미래에서 글을 쓰누만. 항상 청춘일 줄 알았더니, 나도 어느새 나이를 먹었네그려. 세월 따라 말도 나이를 먹더군. 여보 마누라. 사는 거 참 힘들었지. 녹록지 않았지. 고생 많았어. 힘들었을 텐데, 변변한 말 한마디 건네지 못하고 살았네. 사는 게 뭐 그리 바빴을까. 뭐 그리 여유가 없어 이리 치이고 저리 치이고 그리 살았을까. 고생했네. 사랑하네. 그 한마디 하는 게 뭐 그리 어렵다고. 허허. 나이 먹으니 옛날 생각만 나네. 노인네들이 왜 그리 추억 타령 하는지 이제 알겠어. 여보 마누라. 우리 참 좋았네. 행복했어. 지나온 저 시절이 새삼 그리워. 우린 참 꿈이 많았고, 할 얘기가 많았는데. 자식은 얼마나 낳을까, 우리 자식들 어떻게 키울까. 도란도란 정겨웠지. 그러다 바쁘다는 핑계로 대화도 제대로 나누지 못하고 살았더니, 우리 아이들이 나하고 말할 틈을 안 줘. 그때 그러지 말걸. 조금만 더 살갑게 해줄걸. 그런데도 나이 먹고 보니 섭섭함만 느네. 내 부덕인 거 알면서. 여보 마누라. 우리 다시 그 시절로 돌아가면 조금만 더 행복해지자고. 바쁘지만 말고, 얘기도 나눠가면서 우리 아이들하고 즐겁게 살아보자고. 나는 미래에서 얘기하지만, 과거에 혹시 이 편지가 닿는다면 꼭 전해지길 바라. 내가 당신과 아이들을 사랑하지 않아서가 아니라, 사랑을 표현할 용기가 부족했었다고. 당신과 우리 아이들, 내 세월만큼 꼭 사랑하고 있다고. 내 앞으로 더 잘할게. 우리 다 같이 행복하자. 꼭.

이 밤 조용히
너의 창가를 두드려본다

제주도 천지연폭포, 1994
아빠 이상호   엄마 이경희

—

이은송

小女야!

밖엔 갈바람이 코스모스 향기를

머금고 다가선다.

너의 미소처럼 환한 얼굴로 다가서는

이 계절이 왜 이다지도 서러울까.

황혼 지는 저녁이면 아련한 산길 따라

네게로만 달려가고 싶다.

밤마다 또렷한 너의 영상이

고독한 나의 창가를 두드릴 때

홀로 잠 못 이루며 까만 하늘을 본다.

달이 지고 별이 지는 저 하늘

아득한 산너머엔

모습이 있을 텐데…….

小女야!

너와의 해맑은 만남을 위해

이 밤 조용히

너의 창가를 두드려본다.

스물, 아빠의 마음.

라디오를 들으며 당신을 생각해요

서울 남산식물원, 1985
아빠 김종현　엄마 조금자

—

김차경

추운 겨울 잘 지내고 계신가요? 우리가 처음 만난 날은 푸르른 날이었는데 어느새 이렇게 시간이 흘러버린 걸까요. 우리는 약혼식을 하고, 저는 영주에 그대로 남아 결혼을 준비하고 당신은 상경하여 일을 하며 지내는 날들이 길어지고 있습니다. 저는 이리도 그리운데 어쩌면 제게 한 번도 편지하지 않을까 야속하기만 합니다. 밥은 잘 챙겨 먹고 계신지요? 서울의 생활은 여전히 바쁘기만 한가요? 당신이 그리워 매일매일 눈물이 납니다. 저 혼자만 그리운 것은 아닌지, 좋아하는 마음은 저뿐인지 그런 두려운 생각이 듭니다. 이런 내 마음을 당신은 모르겠지요.
우리는 맞선을 봐서 결혼을 하게 되었지만 나는 처음 만나던 날부터 당신이 좋았습니다. 이런 이야기를 하면 무뚝뚝한 당신은 분명 거짓말이라며 웃고 말겠지만, 정말로 나는 당신이 좋아서 당신과의 결혼이라면 괜찮을 것 같다고 생각했어요. 당신은 이런 이야기를 한 번도 해주지 않으셨지만 당신도 같은 마음이면 좋겠다고 욕심부리고 싶습니다. 우리는 이 추위가 지나면 결혼을 하겠지요. 그리운 마음을 껴안고 나는 그대에게 가겠지요. 그렇게 된다면 이 그리움은 모두 사라지는 것일까요. 의문투성인지라 매일이 두렵고 겁이 납니다.
요즘은 시내로 일하러 나갔다 돌아와서 라디오를 들으며 일기를 쓰는 것으로 하루를 마감해요. 라디오를 들으면 모두 각자의 삶을 살아가는 모습이 재밌기도 하고 신기하기도 해요. 우리도 그 안에서 열심히 살아가는 것이겠지요.

당신은 오늘밤, 어떤 기분으로 잠자리에 들었을까요. 저는 오늘도 당신에 대한 그리움으로 오래도록 잠 못 들었습니다. 라디오에서 흘러나오는 시를 받아 적기도 하고, 노래를 따라 부르기도 하며 다른 것으로 마음을 돌려보아도 다시금 모든 것이 당신으로 이어지는 밤이에요. 이런 마음을 전하면 당신도 마음을 적어 내게 편지할까요.

그립습니다.

사랑해요.

다음에 또 편지 쓸게요.

그때까지 몸 건강히 지내시기를.

1985년의 조금자를 대신하여

김차경 씀

사랑이었다

서울 성북구 장위동, 1995
아빠 김준 엄마 문유경

—

김시은

“사랑하긴 했었어?”

“그럼. 사랑하니까 결혼했지. 네 엄마 눈이 참 예뻤는데. 아빠가 또 서양적인 마스크를 좋아하잖아.”

엄마가 죽고 일주일이 흐른 어느 날, 천막이 그늘지게 드리운 어느 일본식 선술집에서 아빠와 나는 소주잔을 연거푸 입으로 가져다댔다. 내 몸을 휘감는 알코올의 힘을 빌려 겨우 꺼낸 말이었다. 사랑하긴 했었느냐고. 내가 눈물 한 방울 흘리지 않고 엄마를 보내는 내내, 아빠는 발악을 하며 울어댔다. 나는 그 눈물의 의도를 이해할 수 없었다. 서로 사랑했던 적도 없는 것 같았는데.

엄마는 생전에 입버릇처럼 아빠를 만난 것을 후회한다고 했다. 그러면서도 동시에 아빠는 좋은 사람이라는 말은 빼놓지 않았다. 이런 게 사랑이라는 걸 몰랐지, 나는. 뼈저린 후회도 결국 다 사랑의 일환이라는 걸. 아빠의 눈물 섞인 하소연을 듣고 있는데 문득 친구와 술자리에서 나눴던 대화가 생각났다.

“나 어떡해, 헤어져야 해? 우리 오빠 너무 밉다. 근데 너무 사랑해.”

눈물 어린 친구의 고백에 나는 고개를 세차게 끄덕이며 대답했다.

“뭔지 알아. 미칠 만큼 미운데 못 보게 되는 건 더 싫어. 내가 사랑하니까.”

마치 이런 것이었을까, 엄마와 아빠의 사랑은.

아빠가 얼굴이 벌게져가지곤 다시 말했다.

“사랑이 잘못되었다는 것은 분명 쌍방의 문제가 있었다는 반증이야. 대화도 부족했고, 서로의 욕심만 채우기 바빴어. 엄마의 잘못도 분명 있었지만 아빠가 너무 잘못했다. 죄책감이 들어."

아빠는 말을 더이상 잇지 못하겠는지 주머니에서 주섬주섬 담배를 찾아 밖으로 나갔고, 나는 그 사이 친구에게 문자를 보냈다.

'나 지금 아빠랑 술 마시는데, 안쓰러워. 남자친구랑 헤어지고 울던 너 같아.'

사귀던 애인과 헤어지고 처량하게 울던 친구를 생각하다보니 자연스레 내가 처음 이별을 경험했을 때 저지른 만행들도 생각났다. 소주를 병째 들이켜고서는 비틀대며 걷다가, 차가 달리는 도로에 뛰어들어볼까 생각하고, 이미 달달 외워버린 전화번호를 수백 번씩 눌러보고. 나도 그렇게 몇 개월을 힘겹게 보냈는데, 아니, 여전히 술에 취할 때면 나도 모르게 기억 속에만 흐릿하게 남아 있는 그 전화번호를 되뇌어보는데. 이제 아빠에겐 술에 취해 눌러볼 전화번호가 영원히 사라진 거잖아. 말도 안 돼.

어른들의 이야기인 것만 같아 헤아리기 어렵다가도, 문득 가슴이 저릿해지는 게 나도 컸다고 그 아픔을 좀 이해하는 듯했다. 친구와 술잔을 기울이며 시간 가는 줄 모르고 떠들던 남녀 이야기가 내가 한때 가장 미워했던 아빠의 이야기일 거라고 생각하니까 기분이 이상했다. 싸한 담배 냄새를 풍기며 돌아온 아빠한테 다짜고짜 물었다.

"사랑하는데 왜 그랬어."

나는 아빠가 항상 미웠다. 엄마한테 툭툭대는 것도 싫었고, 엄마를 힘들게 하는 것도 싫었다. 나한테는 간이고 쓸개고 다 빼줄 것처럼 다정한 아빠였는데, 엄마에게는 너무나 무심한 남편이었다.

"사랑하니까 그랬어."

사랑을 고백하는 것은 결코 쉬운 일이 아니다. 서로의 사랑을 어떤 방식으로든 확인한 사이라 하더라도, 사랑이라는 단어를 입 밖으로 꺼내는 것은 많은 용기를 필요로 하는 일이다. 그러나 두려움을 무릅쓰고 말해야 한다. 사랑하면 사랑한다고.

말의 부재는 반드시 후회나 미련 따위의 질척이는 것들로 이어진다. 한순간만 참고 뱉어버리면 그만인 것을. 그 쉬운 일을 하지 못해 세상은 진심에 야박해진 사람들로 가득차간다.

술 한잔을 더 들이켜며 생각한다. 내가 지금껏 사랑한 사람들에게 사랑한다고 수차례 고백해보았더라면, 그대들은 계속 나의 곁에서 빛나고 있을까.

지금껏 나에게 사랑은 너무나 어려웠다. 좋은 감정을 품고 있다고 해서, 그것을 무조건 사랑이라고 하기에는 그 사이에 큰 공백이 존재한다고 생각했다. 그 공백이 꼭 무언가 엄청난 것으로 채워져야 한다고 믿었다. 나는 틀렸다.

이제 와서야 내 안에서 영원이 된 사람들의 등에 대고 사랑한다 외쳐본다. 소리 없이 퍼지는 나의 뒤늦은 고백이 허공을 아지랑이처럼 타고 오르며 퍼져 사라진다. 끝내 사랑한다는 말 한마디 못하고 보내버린 나의 어머니, 사랑이 어색해 결국 놓쳐버렸지만 내가 많이 사랑했던 나의 옛 연인, 그리고 나의 부질없는 삶에 정신이 팔려 소홀히 대한 내가 사랑하는 많은 사람들.
더이상은 놓치지 않겠다고 울먹이며 다짐한다. 갖가지 핑계로 점철되어 있었던 감정적 공백은 사랑에 어렸던 자의 마지막 자존심이었다. 그러나, 그 공백은 반드시 채워져야 한다.

다시 한번 사랑을 고백해본다. 더이상 사랑에 박한 사람이 되지 않겠다고. 또 한번 사랑을 외쳐본다. 시간도 많고, 사람도 많고, 서로 나눌 사랑은 차고 넘친다고. 그러니까 우리 이렇게 사랑을 얘기하자고.
사랑해, 사랑한다, 사랑합니다, 사랑해요. 끝없이, 한없이, 영원히. 사랑합시다.

변함없이
가위바위보

부산 모라국민학교 놀이터, 1991
아빠 강기선　엄마 함정숙

—

강주희

오빠, 오늘 하루도 잘 보내고 있나요? 급하게 출장을 가게 됐다고 점심을 안 챙겨 먹은 건 아니겠죠? 저는 다이어트를 하면서도 잘 챙겨 먹고 있답니다. 문득, 오빠를 처음 만났을 때 다이어트중이라 시럽을 뺀 오렌지주스를 주문한 제게 오빠가 했던 말이 생각나요. 혹시라도 민망해할까봐, 시럽 안 넣은 게 더 맛있다고 말했잖아요. 오빠에 대한 첫인상이 밝고 따뜻한 이미지로 남은 이유가 그 한마디 때문이었는지도요. 저도 앞으로 오빠를 만날 때 배려라는 단어를 늘 가지고 있을게요. 말이 나온 김에 제가 생각하는 이상적인 배려에 관해 얘기하기 위해 사진 한 장을 또 보여드릴게요. 지난번 것과 같은 날짜에 찍힌 사진인데, 부모님 두 분이 놀이터에서 가위바위보를 하고 계시는 모습이 보이죠? 재밌는 사실은 지금도 두 분은 가끔씩 누구 말이 맞는지를 가리기 위해 가위바위보를 하는데, 언제나 아빠는 주먹을 내고 엄마는 보를 내신다는 거예요. 아빠가 일부러 져주시는 것 같아요. 혹시 저도 모르게 자기주장만 하고 있을 때는 아빠의 주먹을 떠올려야겠어요.

만일 제가 지금 좋아하고 있는 사람이 제 삶에 있어 더욱 중요한 부분을 이루게 된다면, 부모님처럼 저도 그 사람과 친구같이 연인같이 지내고 싶다는 생각이 들어요. 나중에 다투는 일이 생길 수도 있겠죠. 그래도 금세 화해하고 다시 마주보며 웃고 있을 거라 생각해요. 오빠는 지금 어떤 표정을 짓고 있을까요? 키다리 아저씨 같은 미소를 짓고 있으려나요? 이 편지 읽으면 얘기해주세요. 그럼 좋은 꿈을 꾸길 바라며 이만 총총 줄일게요.

뜨거워지지 않고서는 제대로 살아지지 않으니까요

서울 영등포 신한예식장, 1972
아빠 곽염 엄마 이옥화

—

곽정은 방송인, 칼럼니스트

엄마, 저 사랑하는 사람이 생겼어요. 이제 더이상 사랑 같은 것 하지 않겠다고 다짐했는데, 삶이란 참 알 수 없죠. 우리는 두번째 만남에 키스를 나누었고, 세번째 만남에 좋아한다고 말했고, 네번째 만남에 사랑한다고 속삭이는 사이가 되었죠. 사랑에 빠질 수밖에 없었죠. 그 남자는, 내가 만난 어떤 남자보다 냉철한 눈빛을 가졌지만 내가 아는 어떤 남자보다 따뜻한 심장을 가졌어요. 있는 그대로의 나로 받아들여지는 것을 가능하게 해주는 그런 남자. 내게 남겨진 시간을 최대한 함께 보내고 싶은 그런 사람이에요.
엄마, 엄마도 한때는 누구보다 뜨겁게 달아올랐겠죠. 누구도 지지하지 않지만 떳떳했던 사랑, 세상 무엇도 두렵지 않던 사랑, 사랑 하나로 충분했던 그런 사랑. 지금의 내 심장이 뜨겁게 두근거리는 것처럼 그때의 엄마도, 그랬겠죠. 알아요, 그 뜨거움이 영원하기 힘들다는 것을요. 오히려 퇴색하고 고여 썩어버리는 편이 수월하다는 것도 알죠. 하지만 저는, 다시 사랑을 믿어보려 해요. 그와 나의 이 선택을 믿어보려 해요. 난 어쩔 수 없는 엄마의 딸이라서, 사랑하지 않고서는 살 수 없으니까요. 뜨거워지지 않고서는 제대로 살아지지가 않으니까요. 그때의 엄마처럼, 뜨겁게 살기 원하니까, 그때의 엄마처럼 뜨겁게 이 시간을 맞을 거예요. 이 뜨거움을 온몸으로 감당할 거예요. 조금도 두렵지 않다는 거짓말은 하지 않을래요. 엄마, 이런 저를 이해할 수 있나요? 엄마, 이런 저를 바라보며 웃어줄 수 있나요? 엄마, 엄마는 지금 어디로 가고 있어요? 엄마, 지금 나는 어디로 가고 있는 걸까요? 이 길의 끝에 무엇이 있는지, 엄마는 알고 있나요?

나의 빛이 되어준
아름다운 당신에게

서울 아버지 자동차 안, 1984
아빠 김형선 엄마 최미의

—

김서경

여보, 나 안토니오예요. 당신에게 이렇게 내 마음을 온전히 전하는 것도 딱 9년 만이네요. 9년 전 그 사고 이후로 내가 더이상 말을 제대로 할 수 없게 되었으니 말이에요. 9년 전 뇌출혈로 갑자기 쓰러진 뒤 나는 몇 년간 의식이 없는 상태로 중환자실에 누워 있었지요. 그때 나는 이미 죽은 상태나 다름없었다고 들었어요. 호흡기만으로 생명을 연장하고 있었으니 말이에요. 그런 나를 그만 포기하라는 의사를 뒤로하고 그럴 수 없다며 내 손을 끝까지 잡아주었던 건 바로 당신이었어요. 그런 당신에게 이제 와서 무슨 말로 고마움을 전할 수 있겠어요. 이 세상 어느 단어, 어느 문장으로도 당신에 대한 고마움과 사랑을 표현할 수는 없을 거예요.

여보, 이 사진 한번 볼래요? 우리 너무 이쁘지 않나요? 우리에게도 저런 시절이 있었네요. 저렇게 풋풋했던 우리가 이제는 이렇게 주름도 늘고, 머리도 하얗게 변해가고 있어요. 하지만 세월의 흔적이 남은 당신의 얼굴이 내 눈에는 여전히 세상에서 가장 아름답게만 보입니다.
매 순간, 병원에서 혼자 누워 있거나 운동을 할 때나 당신을 생각해요. 제대로 말을 할 수 없어 사람들이 알아들을지는 모르겠지만, 만나는 사람마다 휴대폰 배경화면 속 당신을 보여주며 내 아내라며 자랑을 하고 다닙니다. 이런 나를 팔불출이라며 놀려대는 사람들도 있지만, 어쩌겠어요. 당신은 나의 영원한 사랑인걸요.
여보, 편지를 마치기 전 한 가지만 약속할게요. 언제일지 모르는 세상의 끝까지 당신을 사랑할게요. 9년 전 꺼져가는 나라는 불씨를 다시 살려줘서, 나에게 세상의 빛을 다시 보여줘서, 그리고 지금까지 내 곁을 지켜줘서 고마워요. 여보, 우리 이 손 놓지 말아요.

현대칼라 1988,
현대칼라 2017

서울 화양동, 1988
아빠 김정일　엄마 박정순

—

김호애

여자는 대개 꽃밭이나 계곡 혹은 잔디밭 한가운데에 서 있거나 앉아 있었다. 남자는 주로 큰 나무나 바위에 기대어 있거나 어설프게 매달려 있었다. 함께였을 텐데 서로가 서로를 찍어주느라 홀로 찍힌 사진들 사이에 유독 시선이 오래 머문 사진이 한 장 있었다. 근사한 배경을 두르지 않은 채 '둘'이어서, 더욱 그랬다.

두 사람을 둘러싼 건 진한 촌스러움이었다.
촌스러운 남자의 붉은 얼굴이 소박해 보였다.
촌스러운 여자의 통통한 눈두덩이 귀여워 보였다.
소박하고 귀여운 것들은 내 마음을 끌곤 한다.

포개 앉은 몸과 힘이 들어간 손끝과 네번째 손가락의 반지와 왠지 모르게 이상야릇한 패턴의 벽지. 바닥에 놓인 꽃분홍 방석과, 꼭꼭 맞춘 눈, 맞춰 입은 듯 다른 흰색 티셔츠와 사진 한구석에 박힌 현대칼라'88.
지금 이 순간, 세계 어딘가에 같은 모습을 한 연인이 있을지도 모른다는 생각이 든다. 그들의 사진엔 현대칼라'17이라고 적혀 있겠다.

'이 방은 누구의 방이야? 이 사진은 누가 찍어준 거야?' 묻기보다 내가 하고 싶은 건 사실…… 귀여운 당신들을 "야" 하고 불러보는 것. 사진 속 여자는 스물넷, 남자는 스물일곱이고 사진 밖의 나는 남자와 나이가 같으니까. 어쩌면 말을 놓아도 되는 사이일지도 모른다.

"야, 너네 참 예쁘다! 둘이 아주 잘 어울려! 좀 싸우긴 해도 잘 살 거야. 내가 봤어."

"……?"

"다짜고짜 왜 반말이냐고? (나의 엄마가 될 여자를 가리키며) 내가 너보다 세 살 많고, (나의 아빠가 될 남자를 가리키며) 너랑은 나이가 같거든……요."

그해
여름날의 기억

안면도 시골집, 1982
아빠 김종욱 엄마 김현정

—

김수연

후텁한 공기. 아찔하게 시원한 물빛. 경쾌하고 높은 웃음소리.
쨍한 햇살만큼이나 에너지 넘치는 움직임들.
여름 한낮의 모래사장에서 일렁이는 파도를 타고 오가는 것이 비단 더위를 피해 모여든 인파의 몸뚱이뿐만은 아니었으리라. 젊은 남녀의 설익은 마음들, 낯설지만 탐이 나는 것, 싱긋한 호기심 같은 것.

남자는, 첫눈에 설렜다 했다. 아직은 풋내가 나는 스무 살 초반의 여자에게, 그런 마음이었다.
"어디에서 오셨어요?"
친구와 물장구를 치고 있던 여자는 낯선 이의 질문에 살짝 당황했지만 이내 "오산이요"라고 대답하며 환하게 웃었는데, 그게 그렇게 예뻐 보였단다. 첫여름이었다, 그들에게.

그새 어둠이 내려앉았다. 인생에서 반짝이는 몇 안 되는 시간이 여느 때보다 빠르게 흘러가는 것은 예나 지금이나 다르지 않은 류의 것이므로, 그들은 아쉬운 마음을 놓아두고 떠나야 했다. 20분 후면 막차가 도착할 터였다. 그러나 어두운 시골길은 낯설기만 하여 어디가 어디인지 분간이 어려웠을 뿐더러, 자꾸만 마음이 앞서 헤매게 되었다. 시간이 얼마 남지 않았다. 이런저런 별스럽지 않은 대화를 이어가던 남자는 여자와 이렇게 헤어지는 것도, 다시는 만날 수 없을 거라는 묘한 두려움도 싫었다. 잠깐의 머뭇함이 있었지만, 그는 곧 "편지해도 될까요?"라고 물었고 여자도 그게 싫지는 않은 눈치였다. 기다리고 있었는지도 모를 일이다. 어쩌면 두 사람은 같은 두려움을 안고 있었던 게 아닐까. 남자는 '어떻게 하면 다시 볼 수 있을까' '어떻게 하면 그녀를 얻을 수 있을까' 생각하며 버스의 빨간 뒤꽁무니가 사라진 후에도 한참을, 그 자리에 서 있었다. 버스에 몸을 실은 여자는 웃으며 손을 흔들어주었는데, 잠깐의 만남이지만 조금 설레면서도 혼란스러웠다. '괜찮을까' '주소는 괜히 알려주었나' '뭐, 이 정도야 괜찮겠지' 등 별별 생각을 하며 잠이 들었다.

이러니저러니 해도 분명 특별한 하루였다. 마음의 온도 차가 있었을지는 모르나 같은 시간, 같은 장소에 있었던 첫날이었으므로. 유독, 생각이 꼬리에 꼬리를 무는 밤이었다.

수통의 편지가 오갔다. 몇 통의 편지가 오갔는지, 뭉뚝한 펜 끝이 지나간 자리에 '보고 싶습니다'라는 표현은 몇 번이나 있었는지, 그런 것은 정확히 기억나지 않는다. 아무래도 물리적으로 먼 거리에 있다 보니 애가 타는 마음이었다는 것밖에는. 남자는 매일같이 바랐다. 비포장도로를 타고 올라오는, 저 우체부 아저씨의 가방에 내 앞으로 온 편지 한 통쯤 들어 있기를. 하늘과 땅과 초록 이외에 집이 딱 한 채 더 있는 아주 작은 시골 마을이 그가 사는 곳이다. 분명 아름다운 곳이지만, 지루하고, 지겨웠다.

여자를 만난 이후로는 더욱 그랬다. 그녀가 보고 싶었다. 곁에 두고 싶었다. 남자의 마음은 자꾸만 커졌고, 무언가 해야 했다. 다음번 편지에 만나자 기별했다. 그렇게 의견을 주고받는 것만도 몇 주가 걸렸다. 결국 그녀와 만나기로 약속했을 때, 그의 기쁜 마음을 어떻게 다 표현할 수 있을까.

서울역. 멋져 보이고 싶어 형의 양복을 빌려 입었다. 그날을 위해 수많은 날을 고민해왔는데, 그도 부족했었나보다. 어떻게 말을 걸어야 할까, 어디에 가서 무엇을 먹어야 할까, 무슨 얘기를 이어가야 할까, 어떤 표정을 지어야 할까, 오는 내내 생각하느라 머릿속이 무거워졌다. 후! 후! 두어 번 숨을 크게 쉬고 약속 장소를 향해 걸었다. 그녀가 보이기 시작하자, 그간 그렇게 복작복작하던 머릿속이 백지가 되었다. 큰일이다 싶었지만 오히려 마음은 가벼웠다. '몰라, 어떻게든 되겠지.' 성큼성큼 걸어 그녀 앞에 섰다.
근 석 달 만이었다. 여자도 못지않게 긴장이 되었는지, 마른침을 몇 십 번은 족히 삼킨 것 같다. 멀리서 그가 걸어온다. 이렇게 잘생겼던가 싶을 만큼 빛이 났다고 했다. 실로 남자는 꽤 미남에 속했다. 여자는 수줍어졌다.
몇 마디 인사를 나누고, 인근 다방으로 자리를 옮겼다. 별말 하지 않아도 즐거웠다. 함께하는 모든 시간이 빛나는 것 같았다. 함께할 수 없다면 사는 게 무슨 의미가 있을까 싶을 만큼, 짧지만 강렬한 만남이었던 것도 같다. 경계심이 많던 여자에겐 특히 그랬다. 벌써 가을이었다.

●

한 번쯤은 그가 사는 곳에 찾아와주기를, 남자는 바랐다. 그 바람은 이루어져, 여자는 그를 만나기 위해 길을 나섰다. 버스를 타고 한참을 달려 도착한 시골 터미널에서 다시 다른 버스로 갈아타야 했는데, 그때부터였다. 겁이 났다.

'이 사람과 계속 만난다면 나는 이곳에서 살게 되겠구나.'

너무 시골이었고, 여자가 꿈꾸던 삶은 아니었다. 막상 도착했을 땐 얼굴도 보지 않고 돌아가기로 마음먹었다. 다시 돌아가려면 버스를 한참이나 기다려야 했지만 그런 것쯤은 상관없었다. 어서 그곳을 벗어나야 한다고만 생각했다. 하지만 정말 어쩌지 못할 인연이었던 건지, 지난여름 해변에서 남자와 함께였던 그의 친구를 만나게 되었고 그 친구가 베풀지 않아도 될 친절을 베푸는 바람에 결국 두 사람은 다시 만나게 되었다.

풀벌레 소리를 들으며 참 많은 대화를 나누었던 것 같다. 사실은 보고 싶었다. 그랬다. 그 또한 어쩌지 못할 마음이었다.

●

찬 겨울도 지나고, 봄이 왔다. 그간 몇 번의 만남이 더해졌고, 그보다 더 많은 편지를 주고받았다. 그리고 다시 여름이 오기 전, 날 좋은 5월에 남자의 고향에 있는 작은 예배당에서 식을 올렸다. 그렇게 남자와 여자는 부부가 되었다.

나의 엄마 아빠가 되어준 이들의 이야기다. 전화보다 편지가 더 익숙하던 시절, 그땐 모든 것이 더뎠다. 마음이 보여지는 데도 마찬가지여서, 기다리다 기다리다 그렇게 애가 타곤 했다. 애가 타는 만큼, 마음은 자꾸 커졌으리라. 나는 왜 그런 시절들이 그리운지 모르겠다. 한번 겪어본 적도 없는 그 시간들이 그립다. 가끔은 전화보다 편지였으면 좋겠고, 한 줄 쪽지라면 좋겠다. 수많은 말들보다 그런 마음이면 더욱 좋겠다. 시간을 들이고, 마음을 들여 가까워지고, 또 가까워지는 거라면 좋겠다. 그렇게 서로를 알아봐준다면 좋겠다. 사람이라는 기회를 놓치지 않을 수 있다면 좋겠다. 우리의 연은 그랬으면 좋겠다.

그때 그곳에서 다시

서울 연세대학교 연희관, 1988/2008
아빠 남형석 엄마 홍유진

—

남기현

내 이름은 남기현. 일산의 한 고등학생이다. 부모님은 나를 매우 어렵게 가지셨다고 한다. 엄마가 임신중에 돌고래가 나오는 꿈을 꾸어 내 태명은 '돌핀'이 되었다. 남돌핀, 그리고 엔돌핀. '가문의 엔돌핀'이라고 모든 어른들이 기뻐했다는 얘기를 들었다.
두 분은 같은 대학, 같은 과, 같은 학번인 '과커플'이었다. 위의 사진은 대학교 2학년이던 1988년에 찍었다고 한다. 엄마 아빠의 대학생활이 궁금해 물어보면, 둘은 늘 함께 다녀 좋았다는 얘기만 한다. 수업도 같이 듣고, 연극반 동아리 활동도 같이 하고, 학생운동도 같이 했다고 한다. 힘들지만 아름다운 시절이었던 것 같다.

내가 초등학교 1학년 때 온 가족이 서울로 놀러 갔다가 두 분이 다니던 대학교를 방문한 적이 있다. 두 분의 연애 시절 사진이 생각나 엄마 아빠에게 그 자리에서 똑같이 사진을 찍자고 했다. 자리를 잡으며 두 분은 누가 왼쪽이고 누가 오른쪽인지 헷갈려하셨다. 내가 자신 있게 엄마와 아빠의 위치를 정해주고 사진사 역할도 했다. 이렇게 새로 찍은 사진이 우리집 보물 1호가 됐다. 1988년과 2008년, 딱 20년의 변화가 느껴진다. 아빠와 엄마는 각자 자기 모습만 보고 많이 늙었다고 하는데 내가 보기엔 두 분 다 그대로다. 생각해보니 내년이면 2018년이니, 30년의 세월을 느낄 수 있겠다. 이제는 내가 아빠보다 키도 더 컸으니 그때에는 내가 두 분을 모시고 가서 세번째 사진을 찍어드려야겠다.

지금 내 나이 때
당신 이야기

울산 영취산, 1987
아빠 민병구　엄마 오경애

—

민혜린

어느 날 엄마 아빠의 연애 스토리가 지금 제 나이 때 일이라 궁금하기도 했고 캠퍼스 커플을 꿈꾸는 막내딸인지라, 궁금해져 여쭤봤었죠! 대학교에서 만나 연애하면 오래 못 간다던데 두 분은 학교에서 2년을 함께하고 멋지게 졸업하셨겠죠! 솔직히 엄마 아빠 젊었을 때 모습처럼 연애 스토리도 예쁘기만 할 줄 알았어요. 근데 제게 처음해주신 얘기는 친하지도 않은 사이일 때 아빠가 엄마 필기노트를 빌려가셨다가 필기가 잘못된 걸 보고 그 노트로 엄마 머리를 때리셨다는 거였어요. 듣고 엄청 놀랐어요. 그래도 아마 그게 아빠만의 관심 표현이었겠죠? 그리고 아빠가 엄마한테 관심이 없었다면 아마 화해하려고 하지도 않았을 거고, 항상 엄마 주변을 맴돌며 엄마를 도와주지도 않으셨겠죠?
나중에는 아빠 회사가 서울로 이주하는 바람에 자주 못 만나니까 엄마가 아빠를 찾아가기도 하셨고요. 그럼에도 엄마가 속상해해서 같이 여행을 갔다가 두 분 다투셨다고 들었어요. 그런데 왜 그날 덜컥 큰언니가 생긴 거죠? 그래도 사랑으로 결혼하시고 지금은 세 딸의 앞길을 늘 밝혀주는 부모님이 되어주셨어요! 배 속의 큰언니 때문에 신혼여행지도 가까운 제주도였다고 들었어요. 다시 한번 평생을 약속한 장소인 만큼 의미 있는 곳이겠죠. 그 장소와 그때의 추억 또한 아름다웠겠지만 제가 늘 하는 말이 있죠! 리마인드 웨딩 시켜드리겠다고. 이번 기회에 전공을 살려 아름답게 찍어드릴게요! 늘 존경하고 사랑합니다.

군인 아저씨,
머리하고 가세요

원주, 1970
아빠 유정근 엄마 김천근

—

유영환

1967년, 스물한 살의 어머니는 미용사였다. 어머니가 일하시던 미장원은 원주역 근처 건물의 2층에 있었는데 하루는 점심 후에 손님이 없어 같이 일하던 언니와 함께 창가에 앉아 계셨다. 그때 창 아래로 군인 두 명이 지나가는 것을 보고는 언니 미용사 분이 "군인 아저씨들~ 머리하고 가세요~"라고 장난을 걸었다. 군인들은 위를 슥 올려다보고는 아무 반응 없이 지나갔고 어머니 역시 아무 생각 없이 다시 일을 시작하셨다.

한 30분쯤 지났을까? 소위 계급장을 단 군인 한 명이 들어오더니 어머니 앞 미용의자에 앉아 모자를 벗고는 대뜸 "파마해주세요"라고 했다. 당시엔 남자는 이발소, 여자는 미장원으로 분리되어 있었던 데다가 군인의 그 짧은 머리를 파마해달라니……. 당황해 어쩔 줄 몰라 하던 어머니에게 군인은 데이트 신청을 했고 그렇게 두 분의 연애가 시작되었다.

나중에 아버지께 들은 얘기로는, 아버지를 만나러 왔던 친구를 배웅하기 위해 역으로 함께 걸어가다가 누군가 부르는 소리를 듣고 올려다보니 소리지른 사람보다 그 옆에 서 있는 사람이 눈에 쏙 들어왔다고 한다. 그래서 친구를 보내고 부대로 돌아가는 길에 미장원에 들러야지 마음먹었다고…….

그러나 두 분의 연애가 순탄치만은 않았다. 아버지가 곧 월남 파병을 가셨기 때문이다. 다행히 1년여 만에 무사히 돌아오신 아버지는 청혼을 하셨고 50년이 지난 후에도 여전히 당당히 파마를 요구하는 유머 감각을 유지하고 계신다.

두 사람의 우주

완주 대둔산, 1992
아빠 이희완　엄마 남궁숙희

—

이은진

매미가 시끄럽게 울어대던 1992년 여름, 그와 그녀는 레스토랑 '에델바이스'에서 처음 만났다. 대학 졸업 후 유학 자금을 벌기 위해 숙희는 카운터에서 아르바이트를 했고 요리사가 꿈이었던 희완이는 주방에서 요리를 했다. 1월생이었던 그는 한 해 빨리 입학해 그녀와 같은 해에 학교를 다녔다. 그래서 둘은 편하게 친구처럼 지냈다. 숙희와 희완은 첫눈에 반한 사이는 아니었지만, 매일 저녁 가게 안에 있는 공중전화기에서 자상한 목소리로 "응, 할머니. 밥은 먹었어~?" 전화하는 희완의 모습과 당당하고 똑부러지는 숙희의 모습을 서로 좋게 바라보고 있었다. 그리고 곧 자연스럽게 서로의 그 모습에 녹아들게 되었다.

여름이 끝나고 코스모스가 피던 무렵, 레스토랑이 쉬는 날에 둘은 함께 놀러가기로 했다. 어느 날 일이 끝나고 숙희는 집에 가는 길에 옷가게에 들러 분홍색 잠바 두 개를 샀다. 그날 함께 입을 것이었다. 요리를 더 잘하는 건 희완이었지만 매일 칼과 음식을 만지는 그에게 하루 정도는 쉬라는 의미에서 그녀는 정성을 담아 도시락을 준비했다.
자연을 좋아하는 두 사람은 맑은 공기도 마실 겸 전주에서 그리 멀지 않은 대둔산으로 향하는 버스에 몸을 실었다. 아침 10시의 공기는 선선하고 맑았다. 버스에서 내려서 산으로 올라가는 초입 길 한편에 코스모스가 알록달록하게 피어 있었다. 하얀색, 연분홍색, 진분홍색의 꽃들과 그들이 입은 잠바의 색이 너무나도 잘 어울렸다.

평소 책 읽는 것을 좋아하고 관찰하기를 좋아하는 숙희가 희완에게 "왜 코스모스가 코스모스인지 알아?" 하고 물어본다. 고개를 갸우뚱하며 잘 모르겠다는 듯 배시시 웃는 희완에게 숙희는 "그건 코스모스가 코스모(우주)를 담고 있어서야. 여기 자세히 봐봐. 꽃 안에 암술이랑 수술이 마치 별모양 같잖아" 하며 설명해주었다. 그렇게 코스모스 색의 옷을 입은 두 사람은 아주 작은 별들을 찾으며 도란도란 이야기꽃을 피웠다. 너무 아름다운 장소라서, 숙희와 희완은 지나가던 등산객에게 부탁해 사진을 한 장 찍었다. 본인의 잇몸이 이쁘다고 생각하지 않은 숙희는 입을 꾹 다문 채 잠바 아래로 튀어나온 희완의 티셔츠를 잡았고, 희완은 그런 숙희가 귀여워 미소를 지으며 한 팔을 그녀의 어깨에 둘렀다. 그들이 만난 레스토랑 '에델바이스'의 꽃말처럼 이 순간은 그들의 '소중한 추억'으로 남을 것이다.

산에 올라 그녀가 준비한 도시락을 함께 나눠 먹고 가을빛에 물들어가는 대둔산을 함께 바라보고, 지는 해를 뒤로한 채 두 사람은 다시 전주행 버스에 몸을 싣는다. 그렇게 둘은 작은 추억들을 하나둘씩 함께 쌓았고 결국엔 결혼에 골인하여 둘만의 코스모를 만들게 되었다. 숙희와 희완이라는 두 원자의 만남은 마치 빅뱅처럼 끝없이 팽창해 그들의 우주를 만들었다. 말 안 듣는 '혼돈의 카오스' 두 별을 탄생시켰고, 그 별 은진 세진이 아름답게 반짝이며 '숙희완'의 우주를 더욱 빛나게 하고 있다.

첫 만남, 첫 한끼
평생의 인연

제주도, 1999
아빠 전용수　엄마 임명자

—

전혜미

"만난 지 이틀 만에 결혼이라고?"

몇십 년 전, 이십대의 아름다운 청춘을 걷던 한 여인이 있었대. 그녀의 어머니께서 마을의 할머니로부터 좋은 배필이 있다며 중매가 들어왔지. 그렇게 그녀는 맞선을 보러 나갔다고 해. 그런데 문제가 있었지. 사실 그 중매 상대는 그 자리에 나가는 것이 별로 탐탁지 않았던 거야. 크리스마스이브였기에 술도 진탕 마셨지만 자신이 그 자리에 나가지 않는다면 자신의 어머니께서 난처해하실까봐, 남자는 어쩔 수 없이 그녀를 만나게 되었어. 그리고 예쁘장하게 생긴 그녀에게 마음을 빼앗긴 건 전혀 이상한 일이 아니었지. 그런 그녀를 무턱대고 어디론가 데리고 갔대. 순순히 따라간 그녀의 눈앞에는 팔딱팔딱 살아 숨쉬는 횟감이 한 폭의 수채화처럼 펼쳐졌고, 말 한마디 없이 박력 있게 이곳에 데려온 그의 모습에 그녀 또한 마음을 내주어버린 거야. 결국 12월 25일 크리스마스에 만난 아름다운 청춘들은 두번째 만남에 바로 결혼 날짜를 잡았대. 그 여인은 아직까지도 그때의 횟감을 잊지 못한대. 아마 그 남자의 첫 모습이자, 그 사람과 함께 먹은 첫 음식이어서일 거야. 제대로 된 프러포즈도 받지 못하고, 연애도 없었기에 두 사람의 연애는 신혼부터 시작했다는 말이 틀림없지. 두 사람은 결혼해서 서로를 알아갔기에 조금은 느렸지만 때로는 따뜻한 온기로 감싸주는 보자기 같았다고 해.

"그럼 엄마, 아빠가 첫사랑이 아니었어?"

난 가끔 물었어. 내 주변 사람들의 부모님들은 긴 연애를 했다던데 엄마 아빤 잘 알지도 못한 사람과 뭘 믿고 그렇게 결혼할 수 있을까 하는 생각이 늘 날 따라다녔지. 그리고 우리 엄마의 답변에 난 비로소 미소를 띠었고 그리고 큰 깨달음을 얻었어. 사랑은 다양하게 오는 거라고.

"첫사랑? 에이, 그런 거 할 시간이 어디 있어. 그냥 엄마는 처음 만난 그 모습에 설레서 잘 알지도 못하는 네 아빠와 중매혼 했어. 속은 기분이 아니라고 하면 그건 거짓말이지. 근데 말이야, 연애 기간도 없고, 제대로 된 프러포즈도 못 받았어도 네 아빠가 이제 나한텐 마지막 사랑이고 평생 인연이잖아. 그래서 아직도 애틋해."

밥
잘 챙겨 먹어라

설악산, 1983
아빠 최정규 엄마 서춘심

—

최전호 여행작가

아버진 말이 없으신 분이다. 가끔 꺼내시는 말도 워낙 짧아 대부분 주어와 형용사가 생략된다. 먼저 전화를 걸어서는 당신 할말만 하고 끊으신다. 그래서 아버지와의 전화는 매번 30초를 넘기기 힘들다. 반대로 어머닌 말이 많으시다. 아들만 둘. 남자 셋과의 물리적, 정서적 공간을 견뎌오셔서 그런지 너는 듣기만 해라 말은 내가 다 할 테니, 하는 느낌이다.
그런 두 분이 같이 사신 지가 어느덧 30년이 훌쩍 넘었다. 멀리서 보면 상당히 어색하고 이상한 그림일 테지만 그런대로 물 흐르듯 자연스럽다. 한 사람은 쉬지 않고 말하고 한 사람은 그것에 반응하지 않지만 이상하게 이야기는 이어지고, 그 이야기엔 기승전결이 있으니 생각해보면 대화라는 것이 꼭 말로만 이루어지는 것은 아니지 싶다. 말보다 더 큰 무언가가 있는 것이다. 두 분 사이엔.
그런 아버지의 짧은 말과 어머니의 긴 말엔 공통점이 하나 있다.
"밥 잘 챙겨 먹어라."
아버진 저 말씀뿐이셨고, 어머닌 주저리주저리 이야기를 하시다가도 항상 끝은 저 말씀이셨다. 그럴 때마다 나는 괜스레 화가 났다. 밥 한끼 그까짓 거 안 먹는다고 세상이 무너지는 것도 아닌데 타지의 아들에게 할말이 저것밖에 없느냐 말이다.

언젠가 어머니에게 물었던 적이 있다. 아버진 연애할 때도 저렇게 말씀이 없으셨냐고.
"내 말해 뭐하겠냐, 저 사람은 예나 지금이나 입이 천근만근이다."

"그럼 도대체 아버지 어떤 점을 보고 결혼한 거야?"

"만날 때마다 밥을 잘 사주더라고. 항상 밥 먹었냐 묻고는 저만치 앞서서 혼자 걸어가는 거야. 난 조용히 뒤따라갔지. 그러면 도착한 곳이 항상 식당이었어. 밥 든든히 먹고 헤어지고. 다음에 만나면 또 밥 먹고 헤어지고. 그때 이 남자는 가족을 굶기지는 않겠구나 생각했지."

밥을 잘 챙겨 먹으며 시작되었던 아버지와 어머니의 사랑은 결실을 맺었고 지금까지 밥을 잘 챙겨 먹으며 이어지고 있었다. 그것만 해결되면 잘 사는 시절에 두 분의 사랑은 구김 없이 성공한 것이다.

당신들에게 받은 사랑이 그것이었기에 나는 마음이 쓰이는 사람일수록 끼니때 더욱 간절해졌다. 그래서 문자를 하다가도, 전화를 하다가도, 때로는 먼 곳의 시차를 무시하고는 밥은 먹었느냐 묻곤 했다. 그 안에 사랑한단 말이, 보고 싶단 말이, 꼭 돌아갈 테니 조금만 기다려달란 말이 수줍게 숨겨져 있음을 당신이 눈치채주길 바라면서.

나에게 두 분은 처음부터 아버지 어머니였기에 익숙하지만 두 분은 아버지가 그리고 어머니가 처음이셨을 텐데. 처음 해보는 일이라 낯설고 어색해서, 건네는 것에도 받는 것에도 그 모든 마음들 앞에서 얼마나 힘이 드셨을까. 내색하지도 않으시고 차마 표현하지 못한 마음들을 꾹꾹 눌러 담아 "밥 잘 챙겨 먹어라" 하셨을 것이다. 그러면서도 삐뚤고 못나게 건네었던 자식의 날카로운 마음들을 한 번도 내친 적이 없으셨다.

그래서 밥 잘 챙겨 먹으라는 말은 힘들면 전화하라는 말이다. 아프면 바보처럼 참지 말고 병원을 가라는 말도, 아무에게나 쉽게 마음을 주지 말라는 말도, 하지만 마음을 건네는 것에 인색하진 말라는 말도, 모든 것에 동글동글 살라는 말도, 그 속에 담겨 있다. 당신들을 너무나도 닮아버린 아들이 혹시라도 당신들과 같은 힘겨운 삶을 살까봐 그렇게도 무던히 걱정되고 미안한 마음을 담아 밥 잘 챙겨 먹어라, 하셨다.
사랑하고, 그래서 가정을 꾸리고, 가족들 밥을 잘 챙겨 먹이면서 지금까지 지켜냈던 당신의 삶은 항상 가파른 비탈길이었다. 힘들다고 잠시 쉬어갈 그늘조차 없이 가팔랐던 길. 그 길 가운데서 밥을 잘 챙겨 먹기 위해 얼마나 많은 걸 포기하셨을까. 가슴속에 꿈틀거리는 당신들의 청춘의 몇 가닥을 무던히 잘라내셨을 것이다. 그래서 아버지 어머니에게 밥은 그냥 밥이 아닌 것이다. 많은 걸 포기하고 지켜야 할 것을 지켜내기 위해서 꼭 필요했던 삶의 가장 중요한 것이었다.

내가 나이를 먹는 게 아쉽거나 슬프진 않은데, 그만큼 아버지도 어머니도 나이를 먹는다는 것은 무너질 듯 슬플 때가 있다. 언젠가는, 그래 언젠가는 기억만을 붙들고 그리워해야 하기에 이제는 당신들과 함께 밥을 먹는 시간들을 늘려가야겠다.
아직 부모가 되어보지 못했다는 핑계로 당신들이 건넸던 사랑을 몇 번이고 모른 척했던 무심했던 시간들이 있었다. 그럼에도 항상 뿌리가 단단한 나무처럼 그곳에 당신들이 있기에 그래도 이만큼 밥 잘 먹고 잘 살고 있다는 말을, 사랑한단 말 대신 건네본다.

파라다이스에서
만나요

양평 용문사 계곡, 1993
아빠 권혁 엄마 이미경

—

권현

젊은 시절, 아버지는 서울 무역회사에서 일하셨고 어머니는 용문파출소 옆 은행의 은행원이셨습니다. 두 분은 1993년 6월의 마지막날, 당시 용문에 있던 카페 '파라다이스'에서 소개팅으로 처음 만나셨습니다.
주선자는 고모할머니로 외할머니와 같은 동네에서 알고 지내는 사이였습니다. 어머니가 일하시는 은행이 본인이 사는 집과 가까워 은행에 일을 보러 온 척 몰래 어머니를 보고 가신 적이 있었는데 일도 잘하면서 성실하고 예쁜 아가씨라고 생각하셨다고 합니다. 그리고 며칠 뒤, 외할머니와 만나 얘기 나누다가 "이제 곧 장가가야 할 조카가 하나 있는데 서로 만나보게 하는 게 어때요?"라며 넌지시 말을 건넸고 외할머니도 나쁘지 않다고 생각하여 그 자리에서 연락처를 주고받았다 합니다.

어머니는 그 소개팅이 태어나서 처음으로 하는 소개팅이었기 때문에 당연히 너무도 떨렸습니다. 주선자인 고모할머니를 따라 카페에 들어서니 한 남자가 앉아 있는 것이 보였습니다. 피부가 희고 양복을 단정하게 입은 남자를 보며, 일본에서 공부했던 사람이라고 들어서 그런지 묘하게 일본인의 인상을 가졌다 생각했습니다. 어머니가 느낀 아버지의 첫인상이었습니다.
아버지는 서울에서 직장생활을 하면서 주위의 세련된 여성들을 많이 보았지만 차갑고 딱딱하며 개인주의가 강한 도시 사람들에게 회의감을 느끼던 참이었습니다. 그런데 처음 만난 수수한 옷차림의 어머니는 참 순수해 보였습니다.
그렇게 소개팅을 하고 2주 후, 종각에서 만나 첫 데이트를 했습니다. 카페에서 차도 마시고 같이 밥도 먹으면서 시시콜콜한 얘기들도 주고받고, 그것이 두번째가 되고 세번째가 되었습니다. 서로 멀리 떨어져 살았기에 아버지가 어머니를 만나러 용문에 오거나 어머니가 아버지를 만나러 서울에 가거나 그러지도 못할 땐 전화로 얘기를 나눴습니다. 어느 날은 아버지가 술 먹고 어머니와 통화하다 그대로 전화기를 붙들고 잠드는 바람에 전화요금이 무려 10만 원이 넘게 나온 적도 있었습니다.

별이 무수히 쏟아지던 어느 밤, 두 분은 영림소 길을 함께 걷다가 플라타너스 아래에서 첫키스를 나눴습니다. 그리고 아버지가 먼저 어머니께 프러포즈하셨습니다.

"우리 결혼하자."

서툴고 수줍고 소박하지만 진심을 다한 아버지의 프러포즈. 어머니는 아버지의 그런 마음을 받아들이셨습니다. 두 분이 처음 만난 카페 '파라다이스'에서 양가 상견례를 하고 결혼식 당일에는 그곳 야외에서 웨딩 촬영까지 모두 마쳤습니다. 그 장소가 아버지와 어머니를 이어준 특별한 연결고리가 되어준 셈입니다.

1994년 4월, 서로 다른 각자의 인생을 지나온 두 사람이 만나 부부의 연을 맺고 함께 산 세월이 어느덧 23년이나 흘렀습니다. 젊은 시절, 평생을 함께하자고 약속했던 두 사람은 어느덧 중년이 되었습니다. 23년이란 세월은 젊은 시절 희고 팽팽했던 얼굴에 주름살을 긋고 그 많고 풍성하던 검은 머리카락도 거의 앗아갔습니다. 두 분의 거친 손만이 지난 세월의 흔적을 여실히 보여주고 있습니다.

인간을 포함한 모든 것을 지배하는 초인간적인 힘. 그것을 우리는 운명이라 부릅니다. 누군가는 이 세상에 '운명'이란 존재하지 않는다고, 소설이나 영화에서만 가능하며 현실에서 일어나기는 힘들다고 말합니다. 실제로 제 부모님의 이야기도 영화 같은 극적인 사랑 이야기는 아닙니다. 평범한 우리 부모님들의 이야기 중 하나일 뿐입니다. 하지만 사람과 사람 사이의 만남 그 안에 '운명'이 깃들기 마련.
아버지와 어머니가 만난 것도, 그 두 분 사이에서 제가 태어난 것도, 전부 사람이 결정할 수 없는 초인간적인 힘이었으니까요. 부모님은 보이지 않아도 언제나 늘 우리 곁에 가까이 있지만 그 소중함을 우린 자주 잊어버리곤 합니다. 그렇다 해도 내가 흔들릴 때마다 언제나 같은 자리에서 나를 바라봐줄 사람. 이 세상 사람들이 다 돌아선다 해도 유일하게 '내 편'이 되어줄 사람. 부모님입니다.

같이의 가치

설악산, 1995
아빠 김종원　엄마 이민영

—

김연수

엄마는 아빠를 만났을 당시에 영화 〈귀여운 여인〉의 여주인공처럼 긴 파마머리를 하고 있었었다. 지인의 소개로 아빠를 알게 되었는데 여섯 살이라는 나이 차 때문에 엄마는 몇 번의 데이트를 할 동안 아빠를 '아저씨'라고 불렀단다. 무뚝뚝한 아빠는 꾹 참다가 자신의 여동생과 같은 나이니 오빠라고 부르는 게 어떻겠냐고 엄마에게 물었단다. 워낙에 말이 없는 우리 아빠가 어떤 표정으로 힘들게 그 말을 꺼냈을지 두 눈으로 보지 않아도 선연하다.

아빠가 근무하던 회사와 엄마가 근무하던 병원은 바로 맞은편에 위치해, 많으면 하루에 세 번이나 얼굴을 볼 수 있었다. 아빠는 연애에 있어서 내일이 없는, 즉 적극적인 면모를 보여주었다. 말보다는 행동으로 꽃다발 등의 선물을 보내는 일은 일상이었고 엄마가 퇴근할 때면 늘 먼저 와서 기다리고 있었다.

당시 엄마는 인천에 아빠는 서울에 살았는데, 엄마는 집에 가기 위해 줄을 길게 서서 버스를 기다려야 했다. 녹초가 된 엄마가 터덜터덜 병원 밖으로 걸어 나오면 아빠는 버스 정류장 옆 군밤장수에게 군밤을 사서 엄마 대신 줄을 서 있었다. 한 알 한 알 군밤의 껍질을 벗기면서 말이다. 짧게 자른 아빠의 손톱 끝은 군밤 껍질을 까느라 늘 검게 물들어 있었다. 달달한 알밤은 아빠가 할 수 있는 최선의 애정 표현이었다. 그러면 엄마는 아빠가 건네는 군밤을 받아먹고 둘은 버스 맨 뒷자리에 나란히 앉아 엄마의 집으로 향했다. 엄마가 병원에서 있었던 일을 재잘거리며 늘어놓으면 아빠는 고개를 끄덕일 뿐이었다. 엄마가 안전히 집에 들어가는 걸 본 후에 아빠는 막차를 타려고 전력질주를 하거나 택시를 타고 귀가했다. 주말에 데이트를 할 때도 아빠는 한 시간 거리인 엄마의 집에 한 시간 전부터 와 그네를 타면서 기다렸다. 엄마가 나갈 채비를 할 동안 외할머니는 창문 밖으로 미리 와 있는 아빠를 보며 박장대소를 하곤 했다.

아빠는 엄마를 다양한 장소에 데리고 다녔다. 아빠가 회사 내 산악회 회장이어서 종종 등산을 가기도 했다. 그 외에도 아빠는 엄마와 함께할 때면 삼각대와 카메라를 가지고 다녔다. 그러면 엄마는 모델처럼 늘 사진 속 주인공이 되었다. 아마도 아빠는 '같이'의 가치를 알기에 좋은 순간들을 사진으로 남기고 싶었던 것인지도 모른다. 아빠의 마음은 아빠만 알겠지만 빛바랜 사진 속 엄마를 향한 애정이 남다르다는 것만은 분명히 느낄 수 있다.

우리 가족은 얼마 전 부모님의 결혼 20주년을 기념하며 리마인드 웨딩 촬영을 했다. 엄마는 사진을 찍는 내내 만감이 교차해 보였다. 20년 만에 입는 웨딩드레스에 괜히 울컥했는지도 모른다. 엄마는 이따금 내게 '잡은 물고기에게는 먹이를 안 준다'라는 말을 장난 섞어 하곤 했다. 결혼을 했으니 연애 때만큼 잘해주지 않는 아빠를 일컫는 말이었다. 여전히 아빠가 할 수 있는 최고의 표현은 '훌륭해'이다. 그 이상으로 크게 칭찬을 하거나 리액션을 보인 경우는 없다. 엄마는 리액션이 큰 사람이고 감정의 폭이 넓어서 아빠의 이런 부분이 상처로 남았는지도 모른다.

그렇지만 나는 아빠가 엄마를 더 많이 사랑하고 있다고 생각한다.

원래 연애를 할 때면 초반에 남자들은 별도 따줄 것처럼 잘해준다. 시간이 흐르고 서로가 편해지고 익숙해지면서 그런 부분들은 조금씩 무뎌져간다. 그러면 우린 사랑이 식은 것은 아닐까 두려워하고 걱정하지만 사실은 그렇지 않다. 겉으로 보이는 행동이 무뎌졌을 뿐 감정의 크기는 그대로이다. 익숙함에 속아 그 마음이 가려지고 작아 보이는 것이다. 비록 결혼한 지 20년이 흘렀지만 부모님이 연애 때만큼 행복하고 달달하기를 바란다.

솜사탕처럼
포근한

서울 낙성대, 1987
아빠 이상태　엄마 허상희

—

이아름

늘 지갑 속에 넣어 다니다 생각날 때면 꺼내보곤 하는 사진이 있다. 풋풋했던 시절의 엄마 아빠 사진이다. 지금도 이 사진이 놓인 책상 앞에서, 가끔씩 들려주신 그때의 이야기를 조금씩 떠올려본다.

회사 동료였던 엄마 아빠는 집 방향이 같아 퇴근길을 함께했다고 한다. 처음에는 그저 같은 버스를 타고 정류장에 내려서 내일 보자는 인사를 나누다가, 다음에는 다른 버스로 갈아타고 조금 더 가야 했던 엄마를 아빠가 함께 기다려주다가, 그 버스를 타고 집 앞 정류장까지 가주다가, 나중에는 집 앞까지 데려다주었고, 지금은 한 집에서 28년째 같이 살고 계신다.
출근을 함께하던 어느 날, 버스가 고속터미널 정류장에 멈춰섰을 때 둘은 얼음이 되었다고 한다. 버스에 올라타는 많은 사람들 중 익숙한 얼굴의 한 사람, 바로 회사 부장님과 눈이 마주쳤기 때문이다. 부장님께 딱 걸린 그날 이후, 세상에 비밀은 없다는 걸 깨달은 둘은 공개 연애를 시작했고 그 덕분에 함께 회사를 다니던 시절의 이 달콤한 사진을 앨범 속에서 발견할 수 있었다.

솜사탕을 나누어 문 다정한 얼굴에서 나는 싱그러운 풀 냄새에 미소가 지어지기도 하지만 두 분 모두 어린 나이에 타지에서 생활하며 마음고생하셨을 생각을 하면 금세 아릿해진다.

엄마를 데려다주고 집에 가는 길에 차비가 모자라 한참을 걸어야 했던 아빠와, 토요일마다 파주 고향집에 들러 편찮으신 외할아버지의 곁을 지켰던 엄마.
무거운 마음으로 돌아왔을 엄마를 걱정하며 마중을 나가 함께 거닐던 일요일 오후의 광화문 거리와 봉천동과 논현동을 오가는 출퇴근길이 데이트의 전부. 두 사람은 여름이 오면 마주잡은 두 손에 손수건을 접어 넣고 걸었고, 겨울이 오면 아빠의 외투 주머니에 두 손을 넣고 걸었다고 한다.

스물셋, 스물여섯. 지금의 나보다 어린 두 사람이 서로에게 포근한 솜사탕이었을 시절을 떠올리며, 그 인연으로 세상에 태어나 사랑 가득한 가정에서 자랄 수 있게 해주신 두 분께 부모님의 딸로 태어나 진심으로 감사드린다는 말을 전하고 싶다.

우리, 함께할 수 있는 일들을 만들자

제주도, 1984
아빠 김두상　엄마 홍현희

—

김경민

"네 엄마, 처음 만났을 때 정말 예뻤다. 송혜교보다 예뻤어. 아무렴! 네 엄마는 홍혜교지, 홍혜교야!"

아빠가 기분좋게 취하시면 자주 하는 말이다. 처음엔 그저 무뚝뚝하던 아빠는 나이가 들수록 점점 부드러워지시고, 엄마에게 표현도 잘 하시는 것 같아 보기 좋았는데, 어느 순간부터 이 말을 너무 반복하셔서 지겹게 느껴지기도 한다. 하지만 아빠가 이 말만 반복할 수밖에 없는 이유가 있다. 엄마와 아빠의 첫 만남이 두 분 결혼 전 추억의 전부이기 때문이다.

엄마와 아빠는 그 시절 다른 많은 분들이 그랬듯, 선을 통해 만나셨다. 첫 만남 이후 어땠냐는 어른들의 물음에 엄마가 "괜찮은 것 같은데…… 좀더 만나보고……"라 말을 마치기도 전에 어른들은 "뭘 더 만나봐!"라며 단호히 밀어부치셨단다. 선본 이후에 두 분이 다시 만난 건 결혼식장이었고, 신혼여행지까지 모두 정해진 뒤 엄마의 할아버지의 팔남매까지 모두 모인 자리였다. 그렇게 두 분은 첫 만남 이후 두 달 뒤에 결혼을 하셨다.

그래서일까, 신혼여행 사진 속 아빠의 손이 참 어색하다. 두 분은 그 시절 가장 인기 신혼여행지였던 제주도로 떠나셨지만, 고등학교 수학여행인 마냥 대규모 인원이 함께한 단체 여행이었다. 아빠의 어색한 손이 신혼여행에 동행한 전문 사진사의 주문에 의한 것이었음은 어렵지 않게 짐작할 수 있다.

그렇게 속전속결 결혼하신 두 분은 심지어 결혼 후 2년 동안 주말부부로 지내셨다. 아빠는 경남 창원에서 회사를 다니시고, 엄마는 경기도 연천에서 보건교사로 일하셨기 때문이다. 멀어도 너무 먼 거리다. 엄마에겐 그 2년이 데이트처럼 느껴지지 않았을까 짐작해보지만 딱히 자주 만나지도, 자주 전화를 하지도 않으셨을 게 뻔하다. 지금처럼 스마트폰이 있는 것도, 교통이 편리한 것도 아니었으니까. 그렇게 빠르고 어색하게 결혼을 하고 2년간의 주말부부 생활을 끝내신 뒤에도 두 분의 어색한 행보는 계속되었다.

그러던 어느 날, 생일도 결혼기념일도 늘 지나치시던 아빠가 문득 활짝 피다 못해 곧 떨어질 것 같은 장미꽃 한 다발을 사 오셨다. 활짝 핀 꽃이 더 예쁜 게 아니냐며. 두 분은 그렇게 차곡차곡 두 분의 추억을 쌓으셨다. 부부가 마주앉아 할 이야기가 자식 얘기, 돈 얘기밖에 없으면 싸움밖에 더 하겠냐며 두 분은 늘 함께 운동을 하며 공통의 관심사를 만드셨다. 등산, 배드민턴, 탁구, 볼링, 수영, 골프까지. 아빠는 그저 취미일 뿐인데 지나치게 열심히 하셨고, 그 모습을 보는 내가 지치기도 하지만 엄마는 늘 피곤하거나 귀찮은 내색도 않고 항상 아빠와 함께하셨다.

참 치열하게 열심히 살았다 회상하시는 두 분은 결혼 전 이야기는 고작 첫 만남뿐이지만 그후 33년간, 차곡차곡 천천히 두 분의 추억을 쌓고 계신다.

이웃집 소년 소녀!
부부가 되다

남양주 덕소, 1982
아빠 용종순　엄마 안영자

—

용상미

이웃집에 살던 소년 소녀가 있었습니다. 네 살 차이의 소년과 소녀는 여느 아이들이 그러했듯이, 한 동네에서 함께 추억을 공유하며 신나게 뛰어놀았습니다. 그러던 소년과 소녀는 어른이 되었습니다. 당시 소녀에게는 마음을 주고받던 사람이 있었습니다. 비록 얼굴을 보지 못했지만 편지로 서로의 마음을 주고받는 남자친구였지요. 그런데 어느 날부터 자주 오던 남자친구의 편지가 오지 않았습니다. 소녀는 남자친구의 소식이 궁금했지만, 무슨 사정이 있겠거니 하며 편지를 기다렸습니다. 그렇게 시간이 한참 흐른 뒤, 어느 날 옆집에 사는 소년의 동생(현재 나의 고모)이 소녀에게 와서 이런 이야기를 하는 게 아니겠어요?

"언니! 우리 오빠 서랍에 언니 편지가 많이 있어."

자초지종을 알고 보니 이웃집 소년이 소녀에게 온 편지를 중간에서 가로챈 거였지요. 소년은 소녀를 연모하고 있었고, 소녀의 마음을 얻기 위해 편지를 훔친 것이었습니다. 그런 적극적인(?) 소년의 태도에 소녀는 마음을 조금씩 열게 되었답니다.

재미있는 것은 당시 소년의 어머니도 소녀를 마음에 들어하고 있었습니다. 그래서 둘에게 소에게 풀 먹이는 일을 시키면서 서로 친해질 수 있는 시간을 마련해주기도 했습니다. 그렇게 소년과 소녀는 연애를 하게 되었고, 두 사람의 연애를 소녀의 어머니도 눈치챘습니다. 소녀의 어머니는 소년이 가난하다는 이유로 그들의 교제를 반대했습니다.
하지만 소년과 소녀의 서로를 향한 마음은 변함이 없었고, 결국 소녀의 어머니도 둘의 결혼을 허락했습니다. 소년과 소녀는 1980년에 결혼해서 남양주 덕소에서 신혼집을 차렸습니다. 비록 보증금도 없는 1만 5천 원짜리 월세방이었지만 둘은 행복했습니다. 결혼 후, 그들은 왕자님과 두 명의 공주님을 낳았습니다. 지금 그 소년과 소녀는 일곱 명의 손주들을 바라보며 행복한 미소를 짓는 할아버지 할머니가 되었답니다.
참, 그리고 사진 속에 저도 있어요. 엄마의 배 속에요.

마음이 좋다,
이 말이야

진해 덕산국민학교, 1979
아빠 박영주　엄마 공영순

—

박정은

여보, 엄마한테 젊었을 적 사진을 보내달라고 했더니 휴대폰으로 두 분 다 머리가 엄청 커 보이게 찍어 보내주셨어. 사진을 보고선 한참을 짠하게 웃었어. 많이 늙으신 부모님의 빛나는 시절을 보니 행복하기도 하고 아프기도 했지 뭐야. 옛날 사진을 들춰본다는 건 정말 멋진 일이야. 집에 불이 난 이력이 있는 탓에 부모님의 젊은 시절 사진은 몇 장 없거든. 그래서 더욱 애틋한 것 같아. 우린 호주에 있으니까 엄마에게 유선으로 연애 시절 이야기를 들려달라 했더니 많이 부끄러워하셨어. 사실 유선으로 그런 이야기를 나눈다는 것에 한계가 있다 느꼈지만 난 부모님이 3년이나 연애하셨던 사실을 이번에, 서른셋이 되어서야 알게 되었어. 우린 겨우 1년인데 그 시절 부모님은 우리보다 더 오랜 기간을 연애하셨다니 새롭게 느껴지더라고.

막내 외삼촌 국민학교 운동회 때 학교에서 함께 찍은 사진이래. 두 분 다 운동회에 어울리는 복장은 아닌 것 같은데, 저때 엄마 아버지 모두 서로에게 잘 보이고 싶은 마음으로 가득찼겠지? 가족 행사에 참여한 아버지의 마음이 조금 읽히기도 했어. 막내 외삼촌 사진을 찍어주고 일을 하러 돌아가셨대. 우리 젊은 아버지는 양복점을 하셨거든. 생업을 미루고 다녀오신 거야. 엄마는 늘 특별한 일이 없다고 하셨어. 결혼을 결심한 이유는 "없는 사람 사례 알고, 있는 사람 사례 알아서. 마음이 좋다, 이 말이야"라고 하셨지.

저 사진 속 배경의 짧은 답변 속에 엄마의 결심이 들어가 있는 거야. 아직도 아빠가 좋으냐 여쭈니 "아빠 밉다 하면 내만 손핸데? 아빠 말고는 밥 줄 사람이 없잖아" 하셨어.

있잖아 여보, 난 우리 엄마의 저 짧고 무뚝뚝한 답변에 '두 사람이 마주앉아/밥을 먹는다//흔하디흔한 것/동시에/최고의 것'이라는 고은 시인의 시구가 떠올랐어. 특별한 날 부모님과 밥 한끼 함께 하는 것이 최고의 효도인 줄 알면서 멀리 있음에 불효하는 것이 늘 마음이 아프잖아. 하지만 우리도 부모님처럼 오래오래 서로 밥 챙겨주고 먹는 모습을 보여주는 것도 효도가 아닐까 싶어. 동시에 우리의 큰 행복이기도 하고. 그냥 사랑해. 지금 더할 나위 없이 행복해. 엄마의 답변이 날 그렇게 느끼게 해줬어. 그 말이 하고 싶었어. 그리고 고마워.

밀밭에서 온
사람들

제천 백운, 1968
아빠 이종연 엄마 염정희

—

이병률 시인, 달 출판사 대표

소년 시절의 아버지는 증조부로부터 이런 유언을 듣는다. 결혼을 하게 되면 세 살 차이가 나는, 희귀 성을 가진 여성을 만나 결혼하라는. 깊고 깊은 산골에 살고 있던 아버지가 혼기가 되었을 때 혼처가 들어왔는데 그리 멀지 않은 마을에 사는 마침 세 살 차이가 나는 '염씨' 성을 가진 어머니였다. 어른들끼리 마음을 맞췄으니 결혼은 확실히 정해진 사실이었고, 결혼 날짜까지 정해지자 형식적으로나마 한번 만나는 자리를 가지게 되었다. 아버지가 어머니 댁에 예물을 들고 찾아갔을 때, 어머니를 처음 보게 된 것이다. 마을 사람들은 몰려들어 새신랑을 구경하였고 사람들은 '신랑 자리 눈매가 보통이 아니네' 하면서 수군댔단다.

아버지에게 어머니를 처음 봤을 때의 인상을 물었다. 이내 돌아오는 대답은 이랬다.

"그건 의미가 없지. 이미 다 정해졌는데……."

"아니, 그래도 첫인상이라는 게 있잖아요."

"첫인상이 뭐가 중요해. 살아야지. 어른들이 정해주셨는데."

아, 우리 부모님은 겨우, 이렇게, 맥없이, 아무렇지도 않게 그냥 살기로 한 거로구나. 그래도 그렇지. 평생을 살아야 할 사람을 만나는 일 앞에 아무런 감정이 없었을까.

어머니에게도 똑같이 물었지만 답은 예상보다도 더 싱거웠다.

"그냥 밀처럼 생겼더구나."

"밀이요?"

"밀가루 있잖아. 밀알."

아니, 사람 얼굴이 어찌 밀알 같을 수 있단 말인가? 그것도 우리 아버지가.
어려운 시절이었으니 어머니는 시집이 잘사는 집이었으면 좋겠다는 바람을 가졌겠으나 그것은 그렇지를 못했을 것이고, 아마도 자상한 남자일 거라는 상상도 했겠으나 그조차 그렇지도 않았을 것이다. 그렇다면 어떻게 살았을까. 그것은 역시나 아버지에게도 마찬가지였을까. 단 한 번 만난 사람하고, 그것도 모든 것이 정해진 상태에서 형식적으로 만난 사람하고 평생을 살다니 그것은 신의 어떤, 무슨 장난이었을까.
워낙 시골이어서 일찍 장가를 간 아버지는 나를 낳고 군 입대를 하셨다. 그 시절은 결혼을 하고 가정을 꾸리는 일이 어떤 교육보다도, 어려운 취직보다도 중요한 시대였을 것이니 어린 신랑 신부가 흔했을 때였다.
저기 저 사진은 태어난 지 6개월 된 나를 업고 누에를 팔러 장에 나갔다가 생각난 듯이 사진관에 들러 찍은 사진이다. 부모님의 연애 사진은커녕 결혼사진도, 그 흔한 백일 사진 한 장 없는 것은 정말이지 상상을 초월할 정도의 산골에서 살아서 그렇지만 왜 저 사진을 찍었는지는 돌이켜보면 참 신기할 따름이다. 아버지는 저 사진을 찍은 지 얼마 되지 않아 곧 입대를 하셨단다.
어머니가 돌도 안 된 나를 안고 아버지 면회를 갔을 때, 면회소에서 아버지를 기다리는 동안, 군인들이 아기를 보고 만지려 하고 장난을 치려고도 했으나 나는 어머니 품을 계속 파고들었단다. 그러다 엄청

마른, 머리 길이도 짧아지고 외모도 달라진 군복 차림의 아버지가 나타났는데 멀리서도 한눈에 알아보고는 몸을 움직여 반가워하더란다. 어머니는 아버지 없이는 삶이 힘들다는 간곡한 하소연을 담은 탄원서 같은 것을 군부대에 제출했고 어찌어찌 아버지는 일찍 제대를 하게도 되었단다. 모르긴 해도 아버지는 어머니를 잘 만난 것이 틀림없다. 편지 한 통을 써서 한 남자의 병역문제를 해결해주다니.

옛이야기라고는 하지만 어쩐지 먼 나라 이야기 같기만 한 여기까지가 어머니와 아버지가 만난 소박한 이야기다. 비록 사랑으로 시작하지는 않았지만 그것이 결국 사랑이 되어 시간으로 쌓이고 시詩로 쌓인 이야기.

드넓은 밀밭에 심은 밀 싹이 무성히 자라나 어느 바람 부는 가을날, 하나의 밀 가지와 하나의 밀 가지가 서로 몸을 스치다 와락 머리를 맞대는 순간이 있다면, 그것도 사랑이 아니고 무엇이겠는가 싶은 이야기.

아버지처럼만
잘 살아낼게요

설악산, 1980
아빠 이기인 엄마 최명숙

—

이희도

아버지! 비록 몸은 제 곁에 계시지 않지만, 늘 제 마음속에 계신 아버지의 모습을 사진으로나마 보네요. 저 사진이 엄마와의 신혼여행 사진이니까 지금의 저보다 젊은 삼십대 초반의 아버지 모습이네요. 영남 대구 출신의 아버지와 전라남도 영암 출신의 엄마가 1980년에 만나 결혼하신 것은 지금 생각해도 지역 갈등을 이겨낸 대한민국의 승리(?)라고 생각해요. 회사 상무님 운전기사로 일하던 아버지의 성실함을 보고, 작은 외할아버지께서 조카딸인 엄마를 중매로 만나게 해주셨다죠? 당시로는 서른 살의 노총각(?)인 아버지와 스물네 살의 꽃다운 아가씨인 엄마의 만남에, 돌아가신 할머니는 두 손을 들고 환영하셨다는 이야기를 들었어요.

설악산으로 떠난 신혼여행 사진을 보고 있자니 웃음이 나네요. 패기가 넘치는 표정과 약간은 허세가 있는 아버지의 자세를 보니, 엄마가 그런 당당한 모습에 반하지 않으셨을까 생각돼요. 엄마는 당시에 양장점을 하셔서 그런지 패션 센스가 남다르신 듯하구요.

아버지 엄마의 모습이 담긴 신혼여행 사진 몇 장을 보며, 지금 두 딸의 아버지가 된 저는 당시 아버지의 마음을 헤아려봅니다. 늘 말없이 행동으로 보여주셨던 아버지의 모습을 기억합니다. 늘 엄마에게 잘하라던 아버지의 말씀을 기억합니다. 제가 아버지처럼만, 남편과 아버지로서 살아내면 좋겠습니다. 지켜봐주세요.

나의 작은 가게
서라벌전자

포항 효자동, 1987
아빠 김문백　엄마 이잠숙

—

김효진

어린 시절 기억을 떠올릴 때면 나는 언제나 '서라벌전자'에 가닿는다. 지금은 없는, 포항시 효자동의 중고 전자제품 가게. 너무 어렸을 때라 대부분의 기억은 짧은 영상들처럼 조각나 있지만 그곳의 풍경은 아직도 눈앞에 선하다. 크기도 화질도 다 달라 들쑥날쑥해 보이던 텔레비전 진열장. 가게 한켠에 옹기종기 모여 있던 냉장고와 세탁기. 철제 뼈대 위에 나무판을 올려 만든 아빠의 작업대. 그리고 그 주변에 놓여 있던 녹색 기판과 부품들까지. 서라벌전자는 내가 태어나자마자 만난 첫번째 집이자, 유년 시절의 추억이 오롯이 담긴 곳이다. 그리고 부모님에게는 두 사람의 첫 만남과 풋풋한 신혼생활이 깃든 곳이기도 하다.

엄마 아빠는 중매로 만나 결혼했다. 한 새댁이 전자제품을 사러 왔다가 혼자 지내는 아빠를 보고 중매를 서겠다고 했단다. 그 주선자와 함께 엄마 아빠는 식당에서 처음 얼굴을 마주했다. 반찬으로 나온 삶은 메추리알을 엄마가 하나하나 까서 건넸을 때, 아빠는 엄마에게 호감을 느꼈다고 한다. 하지만 엄마는 아빠가 그다지 마음에 들지 않았다. 품 넓은 양복 사이로 고스란히 드러나 보이던, 너무 마른 몸매 때문이었다. 그렇지만 그토록 마른 남자가 매일 일에 치여 끼니도 잘 챙기지 못한다는 걸 알았을 때 엄마는 이 남자의 아내가 되어야겠다고 생각했다. 가장 마음에 들지 않았던 점이, 결국은 그 사람 곁을 지키고 싶은 이유가 된 셈이다. 부부의 긴 인연은 그렇게 작고 사소한 것에서 싹을 틔웠다.

부부가 된 두 사람은 가게 뒤에 딸린 두 평 남짓한 방에서 소박한 신혼생활을 시작했다. 아빠가 살던 공간에 엄마가 들어왔을 뿐 새로 마련한 살림 같은 건 없었다. 작고 초라한 그곳을 엄마는 부지런히 쓸고 닦았다. 물건들마다 제자리를 정해주고, 판매할 제품은 반짝반짝 빛을 내 허름함을 덜어주었다. 손님이 오면 무뚝뚝한 아빠를 대신해 살가운 인사를 건넸다. 기계에 대해선 문외한이었지만 엄마의 손길은 그렇게 서라벌전자에 스며들었다.

어지간해선 문을 닫을 줄 모르던 서라벌전자도 내가 태어나면서부터는 점차 휴일이 생기기 시작했다. 나중엔 기억도 못할 어린 나를 데리고 엄마 아빠는 이곳저곳 나들이를 다니며 가게 밖 세상을 보여주었다. 그 시절 유원지나 바닷가에서 찍은 가족사진을 볼 때면 가끔 그런 생각도 들었다. 비록 연애 기간 없이 결혼했지만, 어쩌면 신혼이었던 그때가 엄마 아빠의 진정한 연애 시절이 아니었을까 하고.

나는 서라벌전자와 그 주변을 누비며 무럭무럭 자랐다. 가게의 전자제품들은 소꿉놀이를 할 때 실감나는 소품이 되어주었다. 처음 한글을 깨우쳤을 때에도 나는 한글 낱말판 대신 가게 곳곳에 쓰여 있던 '아 남 금 성 대 우' 같은 뜻 모를 글자들을 더듬더듬 소리내어 읽어보곤 했다. 동네 어른들에게 '서라벌전잣집 딸내미'로 불리던 나의 유년기는 그렇게 흘러갔다.

대형 전자제품 매장이 하나둘 생기기 시작하던 시기, 결국 서라벌전자는 문을 닫았다. 그즈음 나는 십대에 접어들었고, 부모님은 더이상 신혼이 아닌 중년부부가 되어 있었다.

서라벌전자가 사라진 지도 어느덧 20년. 가끔 그곳의 기억이 떠올라 향수를 느낄 때가 있다. 부모님의 일터이자 우리 가족의 집이기도 했던 곳. 네 식구가 어깨를 부딪치며 복닥복닥 한 방에 누워 자던 곳. 그 작고 허름한 가게가 내 마음속 작은 고향이라는 걸 엄마 아빠는 알고 있을까. 우리 가족이 막 탄생하던 그 시절이 두 사람에겐 어떤 기억으로 남아 있을지 나는 때때로 묻고 싶어진다.

"엄마 아빠. 그땐 어땠어?"

러브스토리의 진실

제주도, 1987
아빠 이용호 엄마 남순희

—

이승연

엄마가 항상 했던 말이 있습니다.

"너네 아빠가 결혼하자고 얼마나 매달렸는지 아냐……. 생긴 건 얼마나 촌스러웠는지. 처음 만난 자리에 슬리퍼를 질질 끌고 나타날 때부터……."

엄마가 이런 이야기를 할 때면 아빠는 부끄러우셨는지 보던 티브이 채널을 바꾸거나 갑자기 주방으로 물을 마시러 갑니다. 엄마와 아빠의 러브스토리는 꽤나 파란만장했습니다. 첫 만남에 엄마는 아빠가 별로 맘에 안 들었다고 했습니다. 엄마의 말대로면 아빠는 촌티 나고 멋없는 사람이었습니다. 거기다 말주변도 없는 사람이어서 지금 생각해도 매력적인 사람의 타입은 아니었습니다. 그렇게 첫번째 만남이 일방적으로 안 좋게 끝나고 몇 달이 지났을 무렵, 소개팅을 주선해주신 분께 아빠가 사정했다고 했습니다. 엄마가 보고 싶다고. 그때쯤 엄마는 다니던 회사를 그만두고 고향으로 내려가 있었습니다. 아빠는 엄마의 고향까지 쫓아가서 엄마에게 매달렸습니다. 그런 엄마의 마음을 돌려놓은 건 외할머니였습니다. 말로만 듣던 아빠의 모습을 보고 '처자식 굶길 놈은 아닌 것 같다'며 단숨에 결혼까지 승낙해버리셨습니다. 별안간, 그렇게 엄마와 아빠의 사이는 급속도로 진전되고 결혼에 골인하게 되었습니다.

언젠가, 집 안 서랍에서 엄마가 아빠에게 보낸 편지라는 걸 본 적이 있습니다. 그 속엔 소리내 읽기 부끄러울 만큼 아빠를 향한 사랑이 담긴 글들이 있었습니다. 엄마에게 이게 뭐냐고 묻자, 엄마는 결혼하기 전에 쓴 거라며 읽던 편지를 가로채 서랍 안 깊숙이 숨겨버렸습니다. 나는 쑥스러워하던 엄마의 얼굴을 아직도 기억합니다.
문득 세상 모든 엄마 아빠의 러브스토리의 진실이 궁금해집니다. 진실은 무엇일까요. 엄마 아빠만 알겠죠?

숨겨두고 싶은 반짝이는 날들

부산 태종대, 1987
아빠 이원철　엄마 송미영

—

이다은

부모님이 대학 시절 캠퍼스 커플로 4년간의 연애 끝에 결혼했다는 이야기는 알고 있었지만, 이 사진은 내 인생 24년 만에 처음 봤다. 결혼 전 부산 태종대에서 찍었다는 이 사진은 두 가지 사실을 증명해준다. 첫번째는 엄마의 젊은 시절 미모. 어릴 때부터 둘이 어떻게 결혼하게 되었냐고 물으면 엄마는 늘 "네 아빠가 하도 날 따라다녀서 어쩔 수 없이 결혼해준 거야. 엄마가 워낙 예뻤거든"이라고 당당하게 대답했다. 그러면 아빠는 "내가 언제 또 그렇게 따라다녔다고 그래! 네가 날 따라다녔지"라며 반박하다가도 금세 이렇게 수긍하곤 했다.

"사실 내가 엄마를 따라다니긴 했어. 엄마가 너무 예뻐서."

그동안 수없이 들었으나 확인은 불가능했던 미모의 진실에 대해 이 사진을 통해 알게 된 것이다.

두번째로 증명된 사실은 부모님의 혼전 외박(!). 언젠가 문득 엄마 아빠에게 장난삼아 "결혼 전에 오래 사귀었는데, 둘이 한 번도 외박 안 했어?"라고 물었더니 엄마는 대답을 회피하며 "아빠는 예전에 만나던 여자친구랑 외박한 적 있지. 군대에 있을 때 전 여자친구가 면회 와서 외박했을걸?" 하며 넘어갔더랬다. 하지만 이 사진의 배경은 부산. 강원도 원주에서 대학을 다니던 두 사람이 어떻게 부산에 당일치기로 다녀올 수 있었겠는가! (물론 가능할 수도 있었겠지만, 설마 그랬을까.) 4년이나 연애했으니 같이 여행 한번 안 가봤다면 그것도 이상하지만, 아무튼 결혼해서 이미 30년이나 같이 산 두 사람이 이렇게 금방 들통날 사실을 다 큰 딸내미에게 쑥스러워하며 숨기는 것이 귀여웠다.

내가 모르는 얼굴, 내가 모르는 그들의 시간과 추억. 부모님과 나, 우리가 서로를 알기 전의 날들. 부모님의 젊은 시절 사진을 보니 기분이 참 묘하다. 마치 어느 노배우가 젊은 시절 출연했던 영화를 뒤늦게 보고, 그 반짝이는 모습에 놀란 순간처럼. 사진 속의 두 분 역시 아름다웠고, 반짝거렸다. 그때와 외모는 조금 변했지만, 투닥거리면서 장난을 치기도 하고, 서로를 살뜰히 아끼면서 쌓아온 애정 어린 시간들은 여전히 반짝이며 빛나고 있다. 부모님이 함께 보내실 앞으로의 시간들에도 따뜻한 반짝임이 가득했으면 좋겠다. 그리고 언젠가 나도 미래에 만나게 될 나의 인연과 두 분의 모습을 닮아가고 싶다.

당신이라고 부를 때

서울 충무로 사진관, 1953
아빠 호영진　엄마 박완서

—

호원숙 수필가

'목에 두드러져 있는 남자 특유의 목뼈와 완강한 턱밑의 푸르른 면도 자국은 예기치 않은 감미로운 파동을 나에게 일으켰다.'
어머니의 첫 소설 『나목』에 나오는 구절이다. PX의 전기공 태수의 턱을 올려다보는 장면이다. 나는 『나목』을 읽을 때마다 이 장면에서는 젊은 아버지의 모습을 떠올렸고 푸르른 면도 자국에서는 전율을 느끼게 된다.
그 문장에 비한다면 사진은 지극히 평범해 보인다. 그래서 더욱 그 흑백사진 속에 무슨 비밀이라도 숨어 있을까 가까이 들여다보게 된다.
아버지와 어머니가 결혼을 약속하며 사진관에서 찍은 사진이다. 아버지의 동그란 테 안경과 료마에 양복에 어울리는 넥타이, 미장원에서 정성껏 손질받은 부드러운 컬이 있는 어머니의 머리 모양, 한곳을 바라보는 두 사람의 선한 눈빛은 언제 보아도 마음이 편안해지고 그래서 더 그리워진다.

아버지는 엄마와의 결혼에 이르기 위하여 최선을 다했다. 홍콩에서 들여왔다는 루비반지를 선물했고, 온 재산을 부어 넣어 그 당시 상류사회에서나 올릴 수 있는 최고의 혼인식을 올렸다. 그리고 놀랍게도 결혼식 장면을 영상으로 찍어놓았다.
'너무도 쓸쓸한 당신' '여덟 개의 모자로 남은 당신'이라는 제목으로 남아 있지만 나에게는 엄마가 아버지를 당신이라고 부를 때의 음성이 슬프도록 아름답게 남아 있다. 그 목소리가 지닌 부드러움을 잊지 않으려고 애쓴다.

거의 모든 단어의 법칙처럼

용인 민속촌, 1986
아빠 황태홍   엄마 김옥선

—

황혜리

옥선, 태홍.

"좋아하는 말을 써보고 싶어."
하루를 마무리하는 까만 틈에 단어를 적어본다. 그 수많은 언어와 말들 이야기 속에 단지 이 이름이 제일 먼저 새겨졌던 건 벌써 그 틀에 내가 미리 정해놓은 의미 때문일지도 모른다. 평소 아무렇지 않다는 듯, 이미 우리가 선입견을 정해버린 거의 모든 단어의 법칙들처럼.

과거는 그랬다. 막내딸과 첫째 아들이 만나면서 맏며느리와 막냇사위라는 호칭과 함께 두 분 서로에게도 낯설고 서툴기만 한 새로운 세상은 시작된다. 익숙하지 않고 친근하지 않던 단어들을 새롭게 접하게 되면서 또다른 세상과 사람들을 정의하고 함께 만들어나가게 되었을 것이다. 빤히 부모님을 떠올렸을 때 익숙하게 먼저 생각나는 엄마 아빠라는 글자들. 이 말들은 부모님이 결혼하기 전 당신들의 이름만 갖고 지내왔던 세상과는 다르게 나에겐 특별한 세상을 갖게 해준 법칙과도 같다. 이 단어들로 나의 시간은 태어났다.
그리고 이젠 내 바람처럼 내 이름 안에서 특별해졌으면 싶은 엄마 아빠의 세상들을 계획한다.

문득 이유를 생각해볼 필요 없이 어느 순간 특별한 선입견을 정해준 단어들은 존재한다.

우리들의 흔한 법칙을 잠깐 빌려 나의 이름이란 말과 단어로 아낌없이 나의 세상을 부모님에게 들려줄 수 있다면, 하루를 보내고 그 별이 뜬 밤 별빛은 두 손 두 발 모아 잠들 수 있는 가장 편안한 꿈을 마주한 내 별이 될 것이었다.

못난이 큰딸,
여름

철원 한탄강 양어장, 1993
아빠 서명주　엄마 정영희

—

서여름

사랑하는 정영희씨, 그리고 서명주씨. 세상 무서운 줄도 모르고 바보같이 사람 잘 믿어서 요즘 울 엄마 아빠 이마에 주름 한 줄 더 긋고 있는 장녀, 여름이야.

사진첩 보는 걸 참 좋아하던 내가 성인이 되고 나서는 우리의 추억 속 사진첩을 들여다보는 횟수가 줄어들던 걸 새삼스레 느끼던 차에 〈엄마 아빠, 그땐 어땠어?〉라는 공모전을 접하게 되었어. 내가 어제 우리집에 있는 사진첩을 다 뒤져보아도 우리 엄마 아빠 연애 시절 둘이서 찍은 사진은 없더라고. 예전부터도 그냥 다른 곳에 있겠지 생각하고 넘어갔던 것 같아. 그래서 엄마한테 물어봤는데 돌아온 대답이 내 가슴을 아프게 했어.

"너희 아빠랑 연애랄 것도 해본 적이 없고 그래서 둘이서 찍은 사진이 단 한 장도 없어. 너 태어나고서 너 안고 찍은 사진이 우리의 첫 사진이야."

지금 이렇게 편지 쓰고 있는 내 옆에는 14년 전에 찍은 우리 가족 사진이 있어. 딸내미가 돈 벌어서 다시 가족사진도 찍으러 가고 해야 하는데 아직 안정적인 수입이 없어서 미안해.
순수한 연애, 짜릿한 추억 하나 없이 나를 바로 낳고 키우면서 내가 서너 살 되던 때 결혼식을 겨우 올린 우리 엄마 아빠, 내가 그 결혼식에 가겠다고 그렇게 울어서 마음 아팠다면서?

올겨울에 우리 가족 처음으로 제주도 여행 가잖아! 한 번도 비행기 타본 적 없는 우리 엄마 아빠, 내가 멋진 여행 계획으로 즐겁게 해드릴게. 그때는 엄마 아빠 단둘이 사진 왕창 많이 찍어줄게. 26년 전에 못 찍은 연애 시절 추억들만큼 말이야!

언제까지나 사랑해.

바래져가는 것들을 우리는 같이 보지

가평 수송부대, 1984
아빠 전득수　엄마 장경화

—

전나래

서랍 깊숙이 방치되어 있던 사진을 꺼내보며 오랜만에 과거를 회상하는 엄마는 들떠 보였고, 아빠는 슬퍼 보였어. 예전에 이삿짐을 정리하다 우연히 아빠가 쓴 글을 보게 됐는데, 아내와 딸을 향한 책임감으로 가득해 그걸 잡아든 두 손에 잔뜩 힘을 실어야 했던 적이 있어. 어쩌면 그 무게가 아직 해보지 못한 것이 많았던 청년에게는 너무나 무거웠을지도 몰라. 아빠의 역할을 당연하게 여겨왔지만 실은 지금 내 나이보다도 어렸던 아빠가 짊어지기엔 가족이라는 단어의 무게는 버거웠을 거야. 그 무게를 나눌 수 있었던 엄마와 함께였기에 버틸 수 있었을 거라 생각해. 일찍부터 부모님과 떨어져 문경 외가에서 지내며 중학교 때까지도 콧물을 훔치고 다녔던 남자와, 아홉 살에 바다에 엄마를 잃고 아빠를 도와 섬에서 물질을 했던 여자가, 울산이라는 낯선 도시에서 만난 것도 결국 운명이라는 생각이 들어.
허리까지 오는 긴 생머리를 고수하던 여자는 이제 목 아래로는 머리를 기르지 않고, 한때 유행하던 장발을 한 채 개구진 표정을 짓던 남자는 하나뿐인 딸의 탈색 머리를 보고 놀란 마음을 애써 진정시키곤 해. 빛바랜 사진을 보고 나서야 이 두 사람 역시 나와 같은 시절을 지나왔다는 걸 실감해. 즐겨 찾던 가게가 하나둘 사라지고 그 자리에 유행하는 것들이 들어섰다 금방 사라지곤 해. 이런 변화를 당연시하는 시대를 살아가다보니 두 사람이 함께한 세월이 새삼 대단하게 느껴져. 그럼에도 여전히 손을 꼭 잡고 다니는 두 사람이 앞으로 만들어갈 또다른 이야기도 응원하고 기대해.

나의
아름다운
연인들

엄마 아빠, 그땐 어땠어?

초판 1쇄 인쇄 2017년 11월 15일
초판 1쇄 발행 2017년 11월 22일

편집장 김지향
편집 박선주 이희숙 김지향
디자인 이현정
마케팅 방미연 강혜연
홍보 김희숙 김상만 이천희
제작 강신은 김동욱 임현식
경영관리 안대용

펴낸이 이병률
펴낸곳 달 출판사
출판등록 2009년 5월 26일 제406-2009-000034호

주소 10881 경기도 파주시 회동길 210
전자우편 dal@munhak.com
페이스북 /dalpublishers
트위터 @dalpublishers
인스타그램 dalpublishers
전화번호 031-955-1908(편집) | 031-955-8889(마케팅)
팩스 031-955-8855

ISBN 979-11-5816-067-8 03810

• 달은 (주)문학동네의 계열사입니다.
• 이 도서의 국립중앙도서관 출판시도서목록(CIP)은 서지정보유통지원시스템 (http://seoji.nl.go.kr)와 국가자료공동목록시스템(http://www.nl.go.kr/kolisnet)에서 이용하실 수 있습니다.(CIP제어번호: CIP2017029121)